청소년을 위한

경제의 역사

🐝비룡소

청소년을 위한
경제의 역사

니콜라우스 피퍼 지음·알요샤 블라우 그림/ 유혜자 옮김

비룡소

차례

3장 | 세계경제의 미래

역사를 통해 보는 흥미로운 경제 이야기

요즘 우리나라에는 경제 교육 열풍이 불고 있다. 경제 문제가 많은 사회 갈등의 원인인데다 개인의 경제생활이 우리 삶에서 차지하는 비중도 커졌기 때문이다.

서점에는 어린이와 청소년을 위한 경제 책들이 쏟아져 나오고 각종 경제 단체와 연구소는 방학마다 경제 캠프를 개최하고 정부 기관과 언론사들의 홈페이지에는 경제 학습 코너가 자리를 잡았다. 그러나 이렇게 사회 전반적으로 경제 교육에 대한 관심이 높아지고 있는데 반해 청소년들을 위한 경제 교육의 내용은 아직 빈약한 편이다.

사실 청소년들에게 가장 필요한 것은 부자가 되는 법이나 용돈 교육, 경제 상식이 아니라 경제 문제를 여러 측면에서 균형 있게 볼 수 있는 안목을 키우는 것이다. 요즘처럼 경제가 중요한 시대에 경제 현상을 알고 판단할 수 있다는 것은 사회 현상 전체를 전망할 수 있는 안목을 얻는 것과 마찬가지이다. 그런 점에서 이 책은 청소년들이 한번쯤 꼭 읽어봐야 할 책이다. 저자는 중요한 역사적 사건들을 통해 물가와 인플레이션, 환율 같은 경제 개념을 쉽고 재미있게 들려줄 뿐만 아니라 청소년들에게 경제에 대한 균형 잡힌 시각을 길러준다.

경제가 어려운 것은 경제 이론이나 용어들이 어렵기 때문이 아니다. 경제는 언제나 정치사회의 각 분야와 복잡하게 얽혀 있기 때문에 어느 한 가지 문제를 해결한다고 해서 명쾌한 답을 이끌어낼 수 없다. 그것이 경제와 역사를 함께 보아야 하는 이유이다. 까다로운 경제 문제에 답하기 위해서는 단순히 경제 지식을 늘리는 데서 그치지 않고 전체적인 사회 현상을 함께 읽을 수 있는 눈을 키워야 한다. 그래서 역사적 사건들 속에서 경제 현상과 시장경제의 원리를 찾고자 한 니콜라우스 피퍼의 시도가 더욱 의미 있어 보인다.

서울대학교 명예 경제학 교수
송병락

1장 | 고대와 중세의 경제

인간은 언제부터 경제활동을 했을까?

인류 문명은 농경과 함께 시작되었다. 한곳에 정착해 농사를 짓고 가축을 기르면서 인간은 토기를 만들고 집을 세웠다. 이러한 기술의 발달은 인류 문명 발달의 기원이 되었다.

지금으로부터 약 1만 년 전, 소아시아(지금의 튀르키예 부근)의 토로스산맥에 무리를 지어 사냥을 하거나 식물을 모아 먹으며 살던 사람들이 있었다. 그들은 키가 작았고 헝클어진 머리에 수염이 덥수룩했으며 피부도 거칠었다. 동물의 가죽과 식물의 줄기로 몸의 중요 부위만 가린 사람들의 까만 피부에는 여기저기 긁힌 흉터 자국이 나 있었다. 이들은 산 중턱에 움막을 짓고 살거나 비바람과 사나운 동물들을 피할 수 있는 산 위쪽 동굴에서 살았다.

마실 물은 강에서 퍼왔고 남자들은 창으로 물고기를 잡기도 했다.

1만여 년 전에 사람들이 어떻게 살았는지는 정확히 알 수가 없다. 그러나 동굴 벽화나 무덤에서 나온 도구들을 통해 상상해볼 수는 있다. 그들이 스스로를 '인간'이라고 불렀다고 생각해보자. 깊은 산속에는 그들 외에 다른 사람은 거의 살지 않았을 것이다. 인간 부족은 마을을 이루어 살며 어쩌다 모르는 사람을 만나면 그를 '인간이 아닌 자' 혹은 '이방인'이라고 불렀다.

어느 날 저녁, 부족 사람들이 모두 모닥불 가에 모였다. 젊은 남자들은 창에 몸을 기댄 채 서 있었고 노인들은 바닥에 주저앉았다. 여자들은 아기에게 젖을 물렸다. 동물 가죽이 덮인 바위 위에는 흰 수염이 덥수룩한 노인이 앉아 있었다. 노인은 부족의 주술사였다.

"큰일 났어."

동물 뼈로 만든 활을 어깨에 건 남자가 물푸레나무 지팡이를 손에 쥐고 말했다.

"도대체 사냥을 나가도 잡을 동물이 없어. 숲이 점점 비어가고 있는 거야. 이제는 토끼도 눈에 잘 안 띈다니까. 가을이 되기 전에어서 여기를 떠나야 해."

모닥불 앞에 아기를 안고 서 있던 젊은 여자가 어두운 얼굴로 남자를 쳐다보았지만 남자는 눈치채지 못했다. 사람들은 오랫동안 아무 말 없이 가만히 앉아 있었다. 시간이 한참 지난 다음 몇몇 남자들이 고개를 끄덕이며 말했다.

"맞아, 이제 그만 여기를 떠나야 해."

모닥불 가에 서 있던 젊은 여자는 갑자기 돌부처라도 된 것처럼 몸이 굳었다. 사람들의 말에 충격을 받은 것 같았다.

한동안 침묵이 흐른 후 주술사가 큰 소리로 말했다.

"우리 인간에게 악귀가 씌인 게 틀림없어. 그래서 신들이 동물들을 숲 밖으로 내몰고 강에 있는 물고기를 없앤 거야. 우리들 가운데 누군가가 신의 뜻을 거스르는 행동을 했기 때문이지. 그 자가 누구인지는 우리 모두 잘 알고 있어."

주술사는 그렇게 말한 다음 모닥불 가에 서 있던 젊은 여자 쪽으로 고개를 획 돌렸다.

"바로 저 여자 때문에 우리가 저주를 받은 거야! 네가 신의 뜻을 어떻게 어겼는지 어서 솔직히 말해라!"

주술사가 큰 소리로 외쳤다. 젊은 여자는 들릴 듯 말 듯한 작은 소리로 대답했다.

"저는 긴긴 겨울밤을 배고픔에 시달리게 될까 봐 두려웠어요. 우리 아기가 쫄쫄 굶고 지낼 게 걱정되었어요. 아이에게 무슨 일이 생기면 저도 살 수 없을 것 같았어요."

"그래서 어떻게 했느냐?"

"저기 뒷간 있는 곳에 밀이 자라고 있다는 것을 여러분도 잘 아실 거예요."

사람들이 고개를 끄덕였다.

"그거야 당연히 알지. 우리가 밀을 먹고 눈 똥에 섞여 나온 밀알
이 뒷간 근처에서 자라는 거잖아."

젊은 여자가 말을 이었다.

"어느 날 가만히 보니까 거기서 자란 밀에 낟알이 많이 매달려
있었어요. 저는 그것을 열심히 모아 땅에 다시 심었지요."

"뒷간에서 나온 밀에서 낟알을 모으다니."

남자들이 고개를 가로저으며 얼굴을 찡그렸다.

"더러워. 그래서 우리에게 재앙이 내렸구나."

"그런데 봄이 되니까 제가 밀알을 심어둔 곳에서 새로운 밀이 자라고 있었어요. 모두들 가보면 아시겠지만 밀이 빼곡하게 자랐어요. 곧 밀을 거둘 수 있을 거예요."

주술사가 심각한 얼굴로 말했다.

"너는 신의 뜻을 어겼다. 바로 너 때문에 우리 부족의 살림이 이렇게 어려워진 거야. 세상이 생겨난 이래 우리 인간들은 누구나 신이 선물한 것만 먹고 살았지. 짐승, 물고기, 풀, 열매, 과일 같은 깃말이다."

"그렇지만 제가 기른 밀도 신이 주신 선물이에요."

젊은 여인이 억울해하며 말했다.

"그런 말도 안 되는 소리는 그만두어라! 너는 감히 신이 할 일을 나서서 한 큰 잘못을 저질렀다. 그러니 네가 기른 밀을 모두 불태워라. 그리고 우리는 날씨가 추워지기 전에 이곳을 떠나야 한다."

주술사가 한번 내린 결정은 아무도 바꿀 수 없었다. 젊은 여인이 애써 일군 밭은 망가졌고 가을이 되자 사람들은 먼 길을 떠났다. 길은 너무나 험난했다. 추운 겨울을 간신히 넘기고 봄이 왔지만 들판은 황량하기만 했다. 다음 해 겨울은 더 추웠다. 높은 산에는 눈이 사람 키만큼 쌓였다. 사람들이 애타게 기다리던 따뜻한 봄이 왔을 때는 처음에 떠난 일행 가운데 겨우 절반만이 살아남았다.

새로운 터에 움막을 지은 사람들은 다시 모닥불 앞에 모여 앉았다. 젊은 남자 한 명이 벌떡 일어섰다. 새로운 주술사였다. 지난겨울 눈 덮인 산에서 늙은 주술사가 추위와 굶주림을 못 이겨 죽었기 때문에 젊은 사람이 주술사가 되었던 것이다. 늙은 주술사의 구불구불한 지팡이를 물려받은 새로운 주술사는 신의 뜻을 거슬렀다던 젊은 여자를 가리켰다. 2년 사이, 여자의 머리카락은 허옇게 색이 바래 할머니처럼 보였다. 팔에 안고 있었던 아기는 여자가 걱정했던 대로 겨울을 넘기지 못하고 끝내 죽고 말았다. 주술사가 여인을 향해 말했다.

"일어나라."

여자가 두려움이 가득한 얼굴로 일어섰다.

"그대에게 신의 가호가 내려졌다는 것을 이제야 알았다. 2년 전 그대가 심은 밀을 뽑아버린 것에 대한 죗값을 우리는 톡톡히 치렀다. 이제 모든 것이 분명해졌다. 우리는 그대가 가르쳐준 방법을 따르겠다. 전에 그대가 했던 대로 땅에 씨앗을 뿌리는 것이다. 그렇게 해야 다가오는 추운 겨울에 우리가 굶어 죽지 않을 것이다."

새로운 주술사의 말에 따라 여자는 사람들에게 씨앗을 심는 방법을 가르쳐주었다. 사람들은 큰비가 내리기 전에 땅에 있는 잡초를 뽑아 내고 씨앗을 심었다. 그리고 다른 잡초들이 자라지 못하도록 밭을 열심히 돌보았다. 밭 주위에는 바람이 불어도 씨앗이 날아

가지 않도록 돌을 차곡차곡 쌓아 올렸다. 여자들은 집에 남아 농사를 짓고 남자들은 오랫동안 내려오던 전통대로 사냥을 나갔다. 첫해의 수확은 보잘것없었다. 사람들은 거둔 곡식 가운데 일부는 갈아서 먹고 나머지는 다음 해 봄에 뿌리기 위해 햇볕에 말렸다.

이곳저곳을 옮겨다니며 사냥을 하고 풀을 뜯어 먹던 사람들이 한곳에 정착해 농사를 짓게 되기까지는 많은 시간이 걸렸다. 하지만 농사를 짓기 시작하면서 식량을 점점 더 많이 얻을 수 있게 되어 겨울에 죽는 사람이 줄고 부족의 인구가 불어났다. 씨앗을 심어 곡식을 기르는 방법을 처음 알아낸 여자는 나이가 들면서 더욱 지혜로워지고 많은 사람들에게 영향력을 행사하게 되었다. 어느 누구도 그 여자의 말을 거스르지 못했다. 후손들은 그를 곡식과 열매의 신으로 받들어 모시며 존경했다.

이것은 약 1만 년 전 튀르키예에서 일어난 일이다. 인류가 처음으로 농사를 짓기 시작했던 이 시기를 우리는 '신석기시대'라고 부른다. 그때만 해도 사람들은 쇠를 다룰 줄 몰라서 돌을 갈아 도구를 만들었다. 농사를 짓기 시작하면서 사람들의 생활 방식에는 큰 변화가 일어났다. 사람들은 한곳에 정착해 살면서 밀 농사를 짓고 보리와 기장을 심었다. 또 말, 소, 염소, 양, 돼지를 가축으로 길렀다. 황소에 쟁기를 매달아 밭을 갈기도 했다. **농업의 발명**, 이른바 신석기 혁명이 일어난 것이다.

신석기 혁명은 세계 여러 곳에서 동시에 일어났다. 어떻게 이런 일이 일어났는지, 신석기 혁명의 시작에 대해서는 정확하게 밝혀진 것이 없다. 어쩌면 누군가가 농사를 지어서 굶주린 부족을 구하는 것을 보고 다른 사람들이 그대로 따라 한 것인지도 모른다. 한 가지 확실한 것은 기원전 8000년경 튀르키예 동부, 이라크, 이란, 시리아, 레바논으로 이어지는 서남아시아의 '비옥한 초승달 지역'에서 농사를 지었다는 것이다. 시간이 조금 지난 다음에는 중국 일부 지역에서도 농사를 짓기 시작했고, 나중에는 멕시코와 미국에서도 가축을 기르고 농사를 지었다. 새로운 농사법은 빠르게 전 세계로 퍼져 나갔다. 우리나라에서는 기원전 100년에서 기원후 300년의 삼한 시대에 벼, 보리, 기장, 피 등을 심어 길렀다.

농사를 짓기 전, 인간들은 사냥과 채집으로 구한 음식을 먹으며 하루하루를 간신히 버텼다. 1만 년 전부터는 불을 피우고 도구를 만들기도 했지만 대부분은 자연의 흐름에 맞춰 살았다. 어쩌다 사냥을 많이 하는 날은 배부르게 먹을 수 있었지만 아무것도 잡지 못하는 날에는 그냥 굶어야 했다. 그때 사람들은 오늘날 사람들이 그러듯 시간이나 목표를 정해 놓고 일을 할 줄 몰랐다. 그들은 자연에서 살아남기 위해 필요한 만큼만 몸을 움직였다. 살아남는 것 외에는 아무 의미도 없다고 생각했기 때문이다. 그들은 날마다 자연 속에서 위험과 부딪치며 살았고, 그러다가 죽을 수도 있었기 때문에 먼 미래의 계획을 세우거나 오래 훈련을 받아야 하는 기술을 익힐 수 없었다. 그런데 농사라는 것은 농부가 치밀하게 계획을 세우

17

고, 그 계획을 행동으로 옮겨야만 식량을 얻을 수 있는 '경제활동'
이었다. 그러므로 신석기시대를 살았던 우리 조상들은 단순히 농
사를 지은 것이 아니라 최초의 **경제활동**을 한 셈이다.

인류 최초의 직업은
무엇일까?

식량이 늘어나면서 분업이 이루어지고 목동, 농부, 사냥꾼 같은 최초의 직업이 나타났다. 사람들이 부족 전체에 이익이 되도록 각자 더 잘할 수 있는 일을 나누어 맡은 결과였다.

최초로 농사를 지은 사람들에게 농사는 결코 사냥이나 채집보다 쉬운 일이 아니었다. 그래도 농사를 짓게 되면서 사람들이 굶주림에 시달리는 일은 훨씬 줄었다. 가끔 풍년이 들면 곡식이나 가축이 남아돌아 풍족히 먹고 살 수 있었다. 그러나 한편으로 먹고 남은 곡식은 싸움의 불씨가 되기도 했다.

처음 농사를 지었던 인간 부족의 후손 중에 많은 사람들로부터 존경을 받는 힘센 추장이 있었다. 그는 젊은 시절에는 훌륭한 사냥꾼으로 이름을 날렸고 나중에는 뛰어난 농사꾼이 되었으며 다른 부족과 맞서 싸울 때는 가장 용맹했다. 그는 자신의 막강한 힘을 과시하기 위해 아내를 네 명이나 거느리고 살았다. 그의 가족은 모두 함께 농사를 지었고 돼지와 염소를 길렀다. 첫째 부인은 그에게 아들 둘을 낳아주었다. 두 아들은 모두 총명하고 힘이 세고 용감했지만, 둘 중 오직 한 사람만이 나중에 추장이 될 수 있었다. 그들도 그 사실을 잘 알고 있었기 때문에 어릴 때부터 자주 싸웠다. 서로 치고받으며 싸우기도 했고 자기보다 사냥을 더 잘해 온 사람을 비아냥거리기도 했다.

어느 날 추장이 두 아들을 불러 놓고 말했다.

"너희들은 걸음마를 떼기 시작할 때부터 만나기만 하면 싸우더니 지금도 여전하구나. 계속 이렇게 싸우게 놓아둘 수도 없어서 내가 결단을 내렸다. 너희들에게 각자 해야 할 일을 나누어줄 테니 앞으로는 자기가 맡은 일을 하면서 살아라."

추장은 먼저 큰아들에게 말했다.

"너는 농사를 지어라. 곡식이 잘 자라도록 돌보고 수확을 하고 씨앗을 창고에 잘 보관해야 한다."

그런 다음 그는 작은아들에게 말했다.

"너는 가축을 돌보아라. 돼지들에게 제때에 먹을 것을 주고 염소가 늑대에게 물려 가지 않게 지키고 가을에 가축 잡는 일을 감독해라."

두 아들은 아버지가 시키는 대로 일을 나누어서 형은 농부가 되고 동생은 목동이 되었다. 하지만 그렇게 일을 나누어 맡기면 집안에 평화가 찾아오리라는 추장의 생각은 뜻대로 되지 않았다. 형은 마을 사람들 앞에서 동생에 대한 험담을 늘어놓았다. 돼지나 염소를 치는 사람은 추장 노릇을 제대로 할 수 없다고 말하고 다닌 것이다. 그러자 동생은 형이 돌보는 밭에 돼지와 양을 풀어놓아 형의 농사를 망쳤다.

그러던 어느 날 저녁, 최종 결정이 내려졌다. 함께 저녁을 먹는 자리에서 추장이 작은아들을 자기 오른쪽에 앉힌 것이다. 어린 염

소 고기를 불에 그슬린 음식이 마련되자 추장은 제일 맛 좋은 부위를 잘라 작은아들에게 건넸다. 그것을 본 부족 사람들은 모두 작은아들이 추장 자리를 물려받을 거라고 생각했다.

큰아들은 증오심에 불탔다. 다음 날 아침 그는 동생을 후미진 곳으로 불러내 돌로 때려 죽였다. 큰아들이 저지른 일은 금방 탄로났지만 추장은 차마 큰아들을 죽이지 못하고 마을을 떠나게 했다. 마을을 떠난 큰아들은 다시는 돌아오지 않았다.

이 이야기는 성경에 나오는 카인과 아벨의 이야기와 비슷하다. 그들은 최초의 인간 아담과 이브가 낳은 아들인데, 농부인 형 카인이 목동인 동생 아벨을 돌로 때려 죽였다. 하느님이 동생 아벨이 바친 예물은 받고 자기가 바친 것은 받지 않자 분풀이를 한 것이다.

이 이야기는 경제적으로도 큰 의미가 있다. 특히 추장 아버지가 혼자서 농사를 짓고 사냥을 한 데 비해 아들들은 일을 나누어 한 것을 눈여겨봐야 한다. 식량이 충분해지면서 사람들은 더 많은 일을 **분업**하게 되었다. 부족 전체에 이익이 되도록 각자 더 잘할 수 있는 일을 나누어 맡은 것이다. 어떤 사람은 사냥을 나가고 어떤 사람은 농사를 짓고 또 어떤 사람은 가축을 돌보았다. 특정한 일에 비상한 재능을 보이는 사람들이 나타나 부족 사회로부터 그 일을 할 수 있는 자격과 의무를 부여받았다. 그 결과 목동, 농부, 사냥꾼과 같은 **최초의 직업**이 생겨났다.

분업의 시작으로 인간의 생활은 훨씬 편리해졌다. 그리스의 철학자 크세노폰(기원전 430년~355년)은 분업이 일어난 과정을 이렇게 설명했다.

"한 사람이 모든 것을 다 하고 잘하는 것은 불가능한 일이 되었다. 점점 한 분야에 최고의 능력을 가진 사람들이 나타났다."

분업은 생활을 편리하게도 했지만 싸움의 불씨가 되기도 했다. 사람들이 각자 다른 일을 하게 되자 식량을 나눌 때 누가 열심히 일했고 게으름을 피웠는지, 누가 솜씨가 좋고 나쁜지, 누가 세심하게 신경을 쓰며 일했고 대충 일했는지를 따지게 되었다. 게다가 반드시 솜씨가 좋고 부지런한 사람이 더 많은 식량을 얻는 것도 아니었다. 다른 사람을 속이거나 힘으로 남의 것을 빼앗는 사람이 생겨났다.

식량이 늘어나면서 예술가, 점성술사, 성직자, 왕, 관리, 군인처럼 일을 하지 않는 사람들도 나타났다. 과학과 예술이 발달하고 사람들은 지배 계층과 지배를 받는 계층으로 나뉘었다. 결국 발전의 양면성이 나타났다. 어떤 사람들은 분업으로 좀 더 편하게 사는 방법을 배웠지만, 어떤 사람들은 다른 사람들을 자기 소유로 하는 데 분업을 이용했다.

옛날에는 필요한 것을
어떻게 구했을까?

옛날에는 주로 물물교환을 통해 필요한 물건을 구했다. 물물교환을 통해 노동의 결과물을 서로 나눌 수 있게 되자 개인과 개인을 넘어서 부족 간의 분업이 널리 자리를 잡았다.

인간 부족의 수는 점점 늘어났다. 분업이 이루어지면서 농부들은 밀과 보리를 심었고 목동들은 염소와 양을 돌보았고 사냥꾼들은 멀리까지 나가 짐승을 잡아왔다.

어느 날 사냥을 나갔던 남자들이 한 번도 본 적이 없는 이상한 물건을 가지고 돌아왔다. 큼지막하고 배가 볼록 나온 모양의 진흙 항아리였다. 거기에는 누군가가 일부러 새겨 넣은 것 같은 무늬도 있었다. 인간 부족은 그때까지 동물의 뼈나 나무토막 같은 것을 그

릇으로 써왔지만 항아리가 더 편리하다는 것을 금세 알아챘다. 항아리는 물을 길어오는 데 쓸 수 있을 뿐만 아니라 염소와 양의 젖을 보관할 수도 있었다. 사냥꾼들은 그 항아리를 바닷가에서 발견했다고 했다. 오래전부터 바닷가에 진귀한 물건을 가진 '이방인들'이 산다는 소문이 있었다. 인간 부족 사람들은 더 많은 항아리를 가지고 싶었지만 이방인들이 용감하고 싸움도 잘할 것 같아서 무턱대고 쳐들어갈 수는 없었다. 그때 주술사가 좋은 꾀를 하나 내놓았다.

"이방인들에게 선물을 가져다줍시다. 그러면 그들도 우리에게 항아리를 몇 개 줄 거예요."

추장은 주술사의 의견이 별로 마음에 들지 않았다.

"무슨 선물을 주라는 거야? 이방인들이 우리가 주는 선물을 좋아할까?"

"우리가 많이 가지고 있는 것을 선물로 주면 돼요. 양과 염소의 가죽 같은 것 말입니다. 바닷가에는 좋은 목장이 없으니까 분명히 좋아할 거예요."

주술사가 말했다.

인간 부족 사람들은 용감한 남자 다섯 명을 골라 바닷가로 보냈다. 그들은 모두 어깨에 양과 염소의 가죽을 걸치고 있었다. 일주일 동안 걸어가자 바다가 보였다. 일행은 날이 어두워질 때까지 나무 뒤에 몸을 숨긴 채 기다렸다가 이방인들이 사는 곳에서 멀지 않은 바위 위에 가죽을 얹고 돌멩이로 눌러놓았다. 나무 뒤로 돌아가 밤을 보낸 그들은 다음 날 아침 전날 놓아두었던 자리에 가죽이 그대로 있는 것을 확인하고 다시 나무 뒤로 돌아갔다. 이튿날 아침에도 똑같은 일을 반복했다.

사흘째 되던 날 바위 위에 약간의 변화가 생겼다. 가죽이 절반 정도 사라진 것이다. 대신 바위 위에는 산에서 한 번도 본 적이 없는 붉은 물고기가 놓여 있었다. 남자들은 겁먹은 얼굴로 물고기를 바라보았다. 그것은 산속 냇물에서 본 물고기와 전혀 다른 모습이었다. 먹어도 괜찮을까? 혹시 무슨 함정은 아닐까? 남자들은 물고기가 햇볕에 마르도록 건드리지 않고 그대로 둔 채 계속 기다렸다.

나흘째 되는 날 드디어 사냥꾼들이 바라던 일이 일어났다. 물고기와 가죽이 사라진 자리에 커다란 항아리 두 개와 질그릇 세 개가 놓여 있었던 것이다. 사냥꾼들은 신이 나서 얼른 물건들을 들고 마을로 돌아갔다.

물물교환은 이렇게 선물을 주고 답례를 하는 방식으로 시작되었다. 첫 번째 물물교환이 성공적으로 이루어지자 인간 부족의 남자들은 남는 가죽을 바닷가 바위 위에 자주 가져다놓았다. 그러다가 어느 날은 이방인들과 마주치기도 했다. 시간이 조금 더 흐른 뒤에는 이방인들과 흥정도 했다. 서로 상대의 말을 알아들을 수는 없었지만 손짓, 발짓과 표정으로 서로 교환하고 싶은 물건과 그 값에 대해 흥정할 수 있었다.

옛날 사람들은 이렇게 직접 물건과 물건을 바꾸는 물물교환을 통해 필요한 물건을 구했다. 독일의 옛 무덤에서 수천 킬로미터 떨어진 그리스의 토기 조각이나 장신구가 발견된 것을 보면 농사를 짓기 전부터 물물교환을 했는지도 모른다.

최초의 물물교환이 어떻게 이루어졌는지는 그리스의 역사학자 헤로도토스(기원전 484년~430년)가 쓴 카르타고 사람들과 북아프리카 사람들의 물물교환에 대한 글에서도 짐작해 볼 수 있다.

육지에 도착한 카르타고 사람들은 교환할 물건들을 바닷가에 내려놓은 다음 배를 타고 바다로 나가 연기를 피워 신호를 보냈다. 그러면 육지에 사는 사람들이 바닷가에 놓인 물건을 가져가고 금을 놓아두었다. 카르타고 사람들은 금의 양에 만족하면 그것을 가지고 떠나고 금의 양이 부족할 때는 원하는 만큼 받을 때까지 기다렸다.

그러나 신석기시대에 모든 물건을 다 교환할 수 있었던 것은 아니다. 상하기 쉬운 과일이나 생선은 냉장고나 트럭 없이 먼 거리를 운반하기 어렵기 때문에 교환이 불가능했다. 크기가 작고 잘 변하지 않으며 귀한 물건들이 교환하기에 좋았다. 특히 보석과 토기는 인기가 많았다. 시리아 지방에서는 녹색 보석인 공작석과 푸른색의 투명한 보석인 남동석이 주로 교환에 이용되었다.

물물교환을 하면서 인간 부족은 자기도 모르는 사이에 다른 부족 사람들과 분업을 하게 되었다. 인간 부족은 다른 부족에서 만든

그릇을 힘으로 억지로 빼앗는 대신 가죽과 바꾸어 가졌다. 또 흥정을 통해 가죽과 항아리의 적당한 값도 정했다. 넘겨준 가죽의 수가 바로 항아리의 가격이었다.

이처럼 선물과 답례라는 방식으로 노동의 결과물을 서로 나눌 수 있게 되자 한쪽에서는 자기들이 필요한 것보다 더 많은 가죽을 만들고 다른 한쪽에서는 더 많은 항아리를 만들었다. 그렇게 해서 두 부족은 각자 맡은 분야의 전문가가 되었고 개인과 개인을 넘어서서 부족 간의 분업이 이루어졌다.

왜 사람들은
왕의 지배를 받았을까?

농사가 잘되고 교역이 활발해지면서 도둑과 강도가 날뛰었다. 그러자 농부와 상인, 수공업자 들은 세금을 내고 왕의 보호를 받는 것이 더 낫다고 생각했다.

옛날 무덤을 파 보면 종종 녹여서 구리를 만들 수 있는 구리 광석이 나온다. 구리를 가공하는 기술은 이미 기원전 5000년경에 시작되었다. 돌과 토기에 이어 금속의 사용은 인류 역사에 중요한 전환점이 되었다.

사람들은 여러 가지 금속을 다루는 데 점차 능숙해졌다. 기원전 3000년, 메소포타미아 지역에서 구리와 주석을 섞은 청동을 만들면서 청동기 시대가 시작되었다. 주로 돌을 깨거나 갈아서 사용했던 신석기시대를 지나 금속인 청동을 사용하는 청동기 시대로 접어든 것이다. 청동은 순수한 구리보다 단단해서 도구나 무기를 만들기에 좋았다.

청동은 교환하기 좋은 물건이었을 뿐 아니라 물물교환을 필수적인 일로 만들었다. 청동을 만들기 위해서는 구리와 주석이 필요했는데 두 금속을 한곳에서 다 구할 수가 없었다. 그래서 청동을 만들려고 하는 사람은 반드시 다른 사람을 만나 물물교환을 해야 했다.

교역이 활발해지면서 사람들은 더 이상 사는 장소에 얽매이지 않았다. 살아남는 데 필요한 것들을 구할 수 있는 곳에서 살아야 한다는 원칙이 깨진 것이다. 이제 사람들은 살기 좋은 곳을 찾아 떠돌아다니는 대신 자기가 사는 지역의 특산물을 이용해 필요한 물건을 구하게 되었다. 예를 들어 땅이 척박하고 겨울에 혹독한 추위가 찾아오는 산악 지대에서는 곡식을 기르기 어려웠지만 양이나 염소를 기르기는 좋았다. 산악 지대 사람들은 양이나 염소에서 얻은 고기나 우유를 햄이나 치즈처럼 팔 수 있는 상품으로 바꾸었다. 말리거나 소금에 절인 고기, 수분을 없애거나 발효시킨 우유는 오랫동안 보관해도 아무 문제가 없었다. 산악 지대 사람들은 그것을 산에서 구하기 어려운 곡물이나 생선으로 바꾸었다.

한편 청동기 시대에는 큰 강 하류의 비옥한 토지에 정착해 농사를 짓는 부족들이 더욱 늘었다. 강가에서 농사를 짓는 데는 많은 어려움이 따랐고 여러 사람의 협력을 필요로 하는 일이 많았다. 봄에는 강물이 넘치고 여름과 가을에는 가뭄이 들기 일쑤여서 농사를 제대로 지으려면 수로와 저수지 같은 관개 시설을 만들어야 했다. 이 과정에서 사람들을 관리하고 공사를 집행하는 최고 기관인 **국가**가 나타났다.

기원전 3000년, 수메르 사람들은 유프라테스강과 티그리스강 사이의 메소포타미아 평원에 여러 개의 도시를 세웠다. 도시국가들은 각각 독립되어 있었으며 성벽을 둘러 적의 침입을 막았다. 도시에는 농부뿐만 아니라 목수나 대장장이 같은 수공업자들과 상인들이 살았다. 도시에 사는 사람들은 왕의 지배를 받았고 왕은 자신을 도와 백성을 다스릴 관리를 두었다. 왕은 농부와 상인, 수공업자 들이 열심히 일해서 번 돈의 일부를 **세금**으로 걷어 나라를 다스리고 관리들에게 보수를 주었다.

그런데 애초에 사람들은 왜 왕의 지배를 받으며 세금을 내게 되었을까? 미국의 경제학자 맨커 올슨(1932년~1999년)이 제법 설득력 있는 해석을 내놓았다. 왕과 도둑은 모두 다른 사람이 일해 번 돈을 속임수나 힘을 써서 빼앗는다. 특히 도둑은 상대의 사정에는 전혀 관심을 두지 않고 최대한 많은 것을 훔치려고 한다. 하지만 왕은 세금만 내면 그 이상은 사람들을 괴롭히지 않았다.

예를 들어 이탈리아의 시칠리아섬에서 시작된 범죄 조직인 마피아는 한 도시를 몇 개의 구역으로 나누고 구역 안에서 영업을 하

는 상인들을 보호해 준다는 명목으로 돈을 뜯어간다. 상인들로부터 정기적으로 돈을 받는 대신 장사를 계속할 수 있도록 보장해주는 것이다. 결국 상인들은 시도 때도 없이 나타나는 뜨내기 도둑보다 줄 것만 주면 장사를 계속할 수 있도록 해 주는 마피아가 더 낫다고 생각하게 된다.

올슨은 수메르 사람들이 살던 메소포타미아에서도 이와 비슷한 상황이 벌어졌을 것이라고 생각했다. 농사가 잘되고 교역이 활발해지면서 수메르 사람들은 도둑의 공격을 받아 물건을 빼앗기는 일이 많았다. 그러자 사람들은 세금을 내고 왕의 보호를 받는 것이 더 안전하다고 생각했다. 그 결과 국가가 세워지고 사람들이 왕의 지배를 받게 된 것이다.

상인들은 왜
계약서를 썼을까?

문자의 발명은 경제 발전의 중요한 계기가 되었다. 문자
의 발명으로 상인들은 서로 주고받기로 한 물건에 대해 계
약서를 썼고 시간과 무게의 단위를 도입했다.

기원전 3000년경에 수메르인들은 도시를 세웠을 뿐만 아니라
글자도 만들었다. 수메르인들이 만든 글자는 **쐐기문자** 또는
설형문자라고 불렀다. 점토판 위에 갈대나 금속으로 그림을 새긴 것
이어서 문자의 선이 쐐기 모양으로 보였기 때문이다. 그로부터 얼
마 후 이집트에서도 '상형문자'라는 독자적인 문자를 만들어 썼다.

고고학자들의 연구에 따르면 수메르의 설형문자는 해, 물, 강,
남자, 여자를 의미하는 단순한 그림들로 이루어져 있었다. 하지만

점토판에 그림을 그려넣는 것이 쉽지 않았기 때문에 그림들은 점점 더 단순한 기호가 되었다. 수메르에는 직업으로 글자를 새기는 사람이 있어, 사람들 사이에 전해져 오는 전설과 영웅들의 이야기를 점토판에 기록했다. 기록이 끝난 점토판은 햇볕에 말리거나 불에 구워 오랜 세월 동안 보존되었다. 당시 만들어진 점토판 가운데 일부는 지금도 남아 있어 학자들의 연구에 이용되고 있다.

5000년 전 수메르인들은 왜 문자를 만들었을까? 우선 문자는 다른 사람들과 지식을 나누기 위해 필요했다. 유프라테스강과 티그리스강 유역에서 농사를 지었던 수메르인들은 홍수가 나는 때를 정확히 예측해야만 했다. 홍수가 언제쯤 일어나는지를 기록으로 남길 수 있으면 다음 해에 농사의 시기를 조절할 수 있었다.

한편 왕은 백성들이 내는 세금으로 살았기 때문에 언제, 누가, 어떻게 세금을 내야 하는지 백성들에게 정확히 알리고 그 내용을 기록해둬야 할 필요가 있었다. 또 자기의 명성이 기록으로 남아 후세까지 전해지기를 바랐다. 이런 필요에 의해 문자가 발명되었다.

문자의 발명은 상인들에게도 큰 도움이 되었다. 상인들은 늘 낯선 곳에서 낯선 사람들을 상대로 낯선 물건들을 교환해야 했다. 가죽을 주고 항아리를 받는 차원을 벗어나 거래가 복잡해지자 상인들은 서로 주고받기로 한 물건을 효과적으로 기억할 수 있는 간략하고 손쉬운 기록 체계를 필요로 했다. 문자가 발명되자 상인들은 줄 것과 받을 것에 대해 **계약서**를 썼다. 계약서를 쓰게 되면서 상인들에게는 약속을 지켜야 할 의무가 생겨났다. 만약 누군가와 가죽을 거래하기로 계약했다면 사냥 도중에 어떤 어려움이 있더라도 반드시 가죽을 준비해야 했다. 또한 상인들은 계약서라는 신뢰할 수 있는 합의를 통해 잘 모르는 사람들과도 거래를 틀 수 있게 되었다. 계약서를 보고 줄 것과 받을 것이 합의된 내용대로 거래되었는지 확인할 수 있었던 덕분이다.

수메르 상인들은 계약서를 아주 자세하게 썼다. 그들은 거래에 관련된 모든 내용을 아주 세밀한 부분까지 점토판에 기록했다. 더

나아가 일정한 무게의 금괴와 은괴를 만들어 거기에 도장을 찍은 다음 물건값을 지불하는 도구로 사용하기도 했다. 그렇게 하자 번거로운 물물교환 과정이 훨씬 간단해졌다.

문자의 발명은 경제적인 이익을 안겨주었을 뿐만 아니라 수학 분야의 발전을 가져왔다. 수메르인들은 무게를 정확히 재기 위해 단위를 도입했다. 가장 큰 단위는 25킬로그램짜리 금괴로, 달란트라고 불렀다. 1달란트는 60미나, 1미나는 60세겔로 나뉘었다. 시간의 단위 역시 수메르 시대에 처음 만들어져 지금까지 쓰이는 것 중 하나이다. 우리는 지금도 그때처럼 1시간을 60분으로 나누고, 1분은 다시 60초로 나누어서 쓴다.

계약서가 복잡해지면 복잡해질수록 계약이 잘 지켜지는지 감독하는 일도 중요해졌다. 단순한 물물교환에서는 문제가 되지 않았지만, 복잡한 거래에서는 거래에 참여하는 사람들이 계약서에 쓰인 내용을 따르지 않으면 처벌을 받는다는 것이 반드시 지켜져야 했다. 국가가 이런 감독 기능을 함으로써 수메르는 정치적, 경제적으로 큰 발전을 이루었다.

수메르인들이
동전을 만든 까닭은?

최초의 동전은 기원전 7세기 무렵 만들어졌다. 동전은 물물교환의 불편함을 해결했을 뿐만 아니라 원하는 것을 사고 다른 사람에게 일을 시키는 데도 편리했다.

나에게 필요한 것을 다른 사람이 바로 가지고 있을 때는 물물교환을 하는 데 별 어려움이 없다. 그러나 수메르 상인들 사이에서 이루어진 거래는 이보다 훨씬 더 복잡했다. 100명의 상인이 100개의 물건을 가지고 시장에 나왔을 때, 물물교환으로 원하는 것을 구하기란 거의 불가능했다. 그래서 상인들은 물건을 직접 교환하는 대신 물건을 사는 데 어떤 특정한 물건을 사용하기로 했다. 오늘날 우리는 그것을 돈이라고 부른다. **돈**은 모든 물건의 가치를 나타낼 수 있었을 뿐만 아니라 원하는 물건은 무엇이든 살 수 있었다.

나라마다 여러 가지 물건이 돈의 역할을 했다. 아프리카에서는 송아지를, 남태평양의 어느 섬에서는 조개껍데기를, 동유럽에서는 가죽을, 중국에서는 그림이 그려진 종이를 돈으로 사용했다.

수메르에서는 금괴와 은괴를 돈으로 사용했다. 금괴와 은괴는 소나 조개에 비해 편리한 점이 많았다. 금과 은은 흔하지 않은 귀한 물건이었기 때문에 조금만 가지고 있어도 많은 물건을 사고팔 수 있었다. 또 금속이어서 망가지거나 성질이 변하지 않아 보관하기에도 좋았다.

하지만 불편한 점도 있었다. 빵 한 덩이를 사는 데 금괴나 은괴를 내놓을 수는 없었다. 약 2700년 전 고대 사람들은 이런 불편을 해결하기 위해 금과 은 덩어리를 크고 작은 다양한 조각으로 나누고 도장을 찍어서 그 조각에 얼마만큼의 가치가 있는지 표시했다. 물건을 사려는 사람이나 파는 사람 모두 금과 은 덩어리의 가치를 금방 알아볼 수 있었다.

기원전 7세기에는 **최초의 동전**이 만들어졌다. 처음으로 동전을 만든 소아시아 리디아 왕국의 크로이소스왕은 아시아 연안의 여러 나라를 정복해 엄청난 부를 누렸다. 소아시아는 1만 년 전에 농사가 처음 시작된 곳이기도 하다. 소아시아에서 발명된 동전 주조 기술은 페르시아와 그리스를 거쳐 지중해 지역 전체에 빠르게 퍼져 나갔다.

리디아 왕국은 그리스와 페르시아 사이에 자리 잡고 있어 외부와의 거래가 빈번했기 때문에 동전을 많이 사용했다. 당시의 동전은 지금 우리가 사용하는 동전과 모양이 비슷했다. 보통 동전의 한쪽에는 왕이나 황제의 얼굴을 새기고 다른 한쪽에는 숫자를 새겼다. 리디아 왕국은 동전에 그림이나 숫자를 직접 새겨넣을 기술이 없는 나라의 동전을 대신 만들어주기도 했다.

리디아 사람들은 동전을 단순히 교환을 위한 수단으로만 보지 않았다. 리디아 사람들은 빛나고 녹슬지 않는 금으로 만들어진 동전에 신성한 힘이 깃들어 있다고 믿었다. 그래서 동전을 사원에 제물로 바치기도 했다. 신과 거래하는 수단으로 동전을 사용한 것이다.

동전에 신의 모습을 조

각해 넣기도 했다. 수메르 사람들이 쓰던 동전에는 미와 사랑의 여신이며 전쟁의 여신인 이슈타르 신의 얼굴이 새겨져 있었다.

이렇듯 옛날 사람들에게 돈은 단순한 지불 수단 이상의 의미가 있었다. 사실 옛날 사람들은 돈이 마법을 부린다고 생각했다. 돈을 가진 사람은 원하는 물건을 모두 가질 수 있었을 뿐만 아니라 다른 사람에게 자기가 원하는 일을 시킬 수도 있었기 때문이다. 돈의 힘은 무기나 군대의 힘처럼 겉으로 크게 드러나지는 않았지만 영향력은 더 컸다.

또한 돈은 스스로 불어나는 특징이 있었다. 돈을 빌려주면 이자를 받을 수 있기 때문이다. 돈이 돈을 버는 것이다. 옛날에는 이자를 돈이 자기 혼자 자식을 낳은 것으로 생각해서 많은 성직자들이 이자 받는 것을 금지하기도 했다. 물론 사람들은 그 말을 따르지 않았다.

어떤 사람들은 돈이 인간의 성품을 망친다고 믿었다. 로마의 시인 베르길리우스(기원전 70년~19년)는 "황금을 좇아 헤매는 부질없는 짓을 왜 그만두지 못하느냐?"라고 사람들을 꾸짖었다.

미다스왕의 유명한 신화가 나온 것도 동전이 처음 만들어진 때이다. 자신의 손에 닿는 모든 물건을 금으로 변하게 해달라고 소원을 빈 미다스왕의 이야기는 당시 사람들이 금으로 만든 동전을 얼마나 가지고 싶어 했는지 잘 보여준다.

사유재산은 경제에 어떤 영향을 끼쳤을까?

고대 그리스의 아테네는 시민의 사유재산을 인정하며 경제가 크게 발전했다. 아리스토텔레스는 사유재산을 인정하면 사람들의 일할 의욕을 자극해 경제에 도움이 된다고 말했다.

쓰고 남는 물건이 많아질수록 누가 어떤 물건을 가질 것인가 하는 문제가 점점 중요해졌다. 사냥을 하거나 식물을 채집해서 먹던 석기시대에는 아무 문제가 없었다. 젊은 남자들이 곰을 잡아 오면 부족 사람들이 모두 모여 고기를 먹고 가죽을 나누어 가졌다. 사냥한 짐승이 누구의 것인지에 대해 아무도 궁금해하지 않았다. 지금도 현대 문명과 접촉하지 않은 오지의 원주민들은 석기시대 사람들처럼 살고 있다.

그러나 농사를 짓기 시작하면서부터 많은 것이 더 복잡해졌다. 밀과 보리를 키우는 밭은 부족의 공동소유일까? 아니면 추장의 소유일까? 만약 밭이 추장의 것이라면 추장이 죽은 다음에는 그 권리가 다음 추장에게 이어질까? 아니면 전 추장의 가족에게 남게 될까? 그런 권리를 가진 추장이 계속 한 집안에서 나오는 것으로 해야 할까? 아니면 매번 여럿 가운데에서 한 명을 뽑아야 할까? 어떤 식으로든 밭을 누구의 소유로 할 것인가에 대해 결정을 내려야 했다.

수메르 왕과 이집트의 파라오는 자신이 다스리는 땅에 사는 사람들과 거기서 자라는 곡식을 모두 자기 것이라고 생각했다. 말하자면 백성 모두가 왕의 노예였고 재산이었다. 수메르 왕의 무덤에서는 왕과 함께 묻힌 신하들이 종종 발견된다. 왕은 죽어서도 왕이었고, 왕이 떠난 세상에 신하가 계속 살아야 할 이유도 없다고 생각했기 때문에 산 채로 왕과 함께 묻혔던 것이다.

그러나 왕의 신하들 가운데에도 자신만의 재산을 가진 사람이 있었다. 또 수메르 상인들 역시 계약서를 아주 세밀하게 작성해 세금을 냈던 것으로 보아 개인 재산을 가지고 있었던 것 같다. 이렇게 유프라테스강과 티그리스강 유역에 사는 사람들은 이미 오래전부터 **사유재산**을 가지고 있었다.

사유재산이라는 뜻의 라틴어 '프리바투스'는 '나뉘었다' 혹은 '약탈했다'의 의미로 쓰였다. 개인의 재산이 인정되면서 도둑과 강도가 생겨나고 사람들이 부족 전체보다는 자기 가족만 부유하게 살고 싶은 욕심에 사로잡혔기 때문이다. 그 결과 절도와 사기, 도난 같은 사건들이 빈번하게 일어났다.

미국의 경제학자 루트비히 폰 미제스(1881년~1973년)는 "세상에 있는 토지 가운데 폭력적으로 빼앗지 않은 것이 거의 없다."라고 말했다. 프랑스의 철학자 프루동(1809년~1865년)도 "사유재산이란 도둑질한 물건이다."라고 말했다.

하지만 사유재산을 인정한다는 것은 평화로운 방법으로 재산을 늘릴 수 있다는 뜻이기도 했다. 사유재산 제도가 경제 발전에 어떤 영향을 미쳤는지는 고대 그리스의 도시국가 아테네와 스파르타의 예에서 볼 수 있다.

고대 그리스는 유럽에서 가장 훌륭한 문화를 꽃피웠다. 그리스 언어, 그리스 철학, 그리스 신화는 지금도 많은 학자들이 중요한 자료로 연구하고 있다. 그 무렵 그리스는 하나의 국가를 이루는 대신 여러 개의 작은 도시국가로 나뉘어 있었다. 기원전 5~6세기, 아테네와 스파르타는 그리스의 여러 도시국가들 가운데에서도 가장 강력한 힘을 자랑했다.

처음에 아테네 시민들은 왕과 귀족의 지배를 받았지만 해외 무역과 국내 상공업의 발달로 시민들 가운데에 부유한 사람이 늘어나면서 상황이 달라졌다. 경제적으로 여유가 생긴 시민들은 자신들의 역할에 맞는 정치적 권리를 요구하면서 귀족과 대립했다. 결국 기원전 6세기, 아테네에서는 시민들이 국가의 일을 직접 결정하는 민주 정치가 시작되었다. 비록 여자나 노예는 정치에 참여할 수 없었지만 신분이 자유로운 시민은 누구나 정치에 참여했고 사유재산도 가질 수 있었다.

반면 스파르타는 군사 국가였다. 남부 그리스의 펠레폰네소스 반도를 정복하고 나라를 세운 스파르타 사람들은 그곳 주민들을 노예로 부렸다. 많은 원주민을 지배하기 위해서 스파르타 사람들은 강력한 군대를 만들고 시민들의 생활을 통제했으며 엄격한 스파르타식 교육을 실시했다. 스파르타 사람들은 국가의 통제 아래 집단생활을 했다. 7세에서 20세까지 군사 훈련을 받고 나면 결혼을 할 수 있었지만 30세가 될 때까지는 독립된 가정생활을 할 수 없었다. 사유재산도 제한적으로만 인정되어 전쟁에서 공을 세운 병사의 가족은 일정한 넓이의 농토를 경작할 수 있는 권리를 가졌다. 그들은 노예를 시켜 그 땅에 농사를 지었다. 하지만 대부분의 스파르타 사람들은 아주 검소하게 살았고, 모든 일에 있어서 나라를 가장 우선으로 생각했다.

그런데 사유재산을 인정한 아테네의 경제가 눈부시게 성장한 데 비해 스파르타는 경제적으로 점점 어려워졌다. 스파르타는 이방인들을 나라 밖으로 몰아냈지만 아테네는 그들과 적극적으로 무역을 했다. 아테네 사람들은 기름과 포도주, 도자기, 무기, 쇠로 만든 제품들을 지중해 너머에서 온 외국 상인들에게 팔았다. 그리고 그들로부터 치즈, 생선, 목재, 상아, 밀가루, 대추야자 열매, 양탄자 등을 사들였다.

철학자 아리스토텔레스(기원전 384년~322년)는 아테네와 스파르타의 경제를 비교한 후 이렇게 결론 내렸다.

"누구나 각자 자기 물건을 가지고 돌볼 수 있게 되면 다른 사람과 싸울 일이 없다. 또한 모든 사람이 자기가 가진 것에 관심을 가지고 자기 재산을 늘리기 위해 열심히 일하게 되므로 국가도 더 크게 발전한다."

아리스토텔레스는 모든 것에 각각 임자가 있다면 서로 다투거나 고소하는 일이 없을 거라고 생각했다. 그는 사유재산이 국가에

평화를 안겨준다고 보았다.

아테네는 시민의 사유재산을 인정함으로써 다른 사람에게 피해를 주지 않는 한 자기가 소유한 것을 자기 마음대로 다룰 수 있도록 했다. 이것은 개인의 자유를 허락하는 것이라고도 볼 수 있다. 아테네 사람들이 자유라는 개념을 다른 나라 사람들보다 더 일찍 생각해 낸 것도 당연하다. 당시 다른 나라에서는 그리스어의 '자유'라는 단어를 자기네 말로 표현할 수 없는 경우가 많았다.

아테네의 정치가 페리클레스(기원전 495년~429년)는 개인의 권리와 사유재산을 인정하는 민주정치의 대변자로 잘 알려져 있다.

그는 어느 강연에서 민주정치의 장점에 대해 이렇게 설명했다.

"우리가 누리는 자유는 일상생활까지 깊은 영향을 미친다. 우리는 서로 의심하지 않고 이웃이 자신만의 방식을 고집한다고 해도 결코 그것을 조롱하지 않는다."

아테네에서는 스파르타와 달리 시민의 의무와 권리가 분명하게 분리되어 있었다. 시민은 국가를 위해서 존재하는 것이 아니라 국가에 대한 의무와 권리를 함께 가졌다.

세계경제를
지배한 로마제국

로마제국 안에서는 어디를 가든 같은 돈을 사용할 수 있었
고, 사방으로 얽힌 도로를 통해 어디든 자유롭게 오가며
물건을 거래할 수 있었다.

페리클레스는 아테네의 민주 정치와 문화를 발전시켜 '그리
스의 황금 시대'를 열었다. 그러나 페리클레스의 죽음 이후,
아테네를 비롯한 고대 그리스의 도시국가들은 점점 쇠락하기 시작
했다. 아테네는 스파르타를 비롯한 그리스의 다른 도시국가들과
전쟁을 벌이면서 아까운 국력을 소모했다. 결국 그리스는 로마제
국의 지배를 받게 되었다.

로마인들은 처음이자 마지막으로 지중해 지역 전체를 통일한

제국을 세웠다. 그들은 현재 독일의 남서부까지 길을 내고 도시를 건설했다. 독일의 쾰른과 레겐스부르크가 그 무렵 세워진 도시들이다. 도시에서는 상업이 눈부시게 발전했다. 로마제국이 건설한 도로는 그물처럼 사방으로 퍼져 있어 적은 운송비로도 상품을 멀리까지 보낼 수 있었다. 외국과의 교역도 활발히 이루어져 로마의 문화와 새로운 기술은 전 세계로 퍼져 나갔다. 당시 라인 강과 도나우강 북쪽에 살던 게르만인과 켈트인은 로마인에게서 과일 농사법을 배워 포도, 배, 버찌, 복숭아, 무, 양배추 등을 재배했다.

로마제국 안에서는 어디를 가든 같은 돈을 사용할 수 있었다. 당시 로마인들이 썼던 화폐를 '디나르'라고 하는데 지금 북마케도니아에서 화폐 단위로 사용되는 '데나르'의 어원이다. 이처럼 로마제국 시대에는 지중해 지역을 중심으로 **세계경제**가 이루어졌다. 로마 사람은 로마제국에 속한 모든 지역을 자유롭게 오갈 수 있었고, 자연 환경 탓에 운반이 불가능한 경우를 제외하면 물건들 역시 아무 제한 없이 거래되었다.

경제가 발전함에 따라 로마인들은 법률을 만들었다. 법률 제정은 로마제국의 가장 중요한 업적 중 하나이다. 450년경, 로마인들은 시민 사이의 관계에 대한 규정인 사법, 시민과 국가 사이의 관계에 대한 규정인 공법, 범죄의 처벌에 대한 규정인 형법을 문서로 정하였다. 이러한 로마법은 6세기 무렵 동로마제국의 유스티니아누스황제가 『로마법 대전』을 펴냄으로써 더욱 체계화되었다. 이

법은 로마제국의 문화와 경제 발전의 기초가 되었다. 로마제국이
사라진 뒤에도 로마의 법률 구조는 오랫동안 많은 나라에 영향을
끼쳤다.

　법과 규정이 경제에 얼마나 중요한 영향을 끼치는지는 로마제
국이 멸망한 후에 분명히 드러났다. 4세기 후반, 로마제국은 게르
만족의 이동과 국내의 정치, 경제 불안으로 동서로 나뉘고 말았다.
동로마제국은 비잔틴제국으로 이름을 바꾸고 유스티니아누스황제
재위 동안 다시 한번 번영을 누렸지만 서로마제국은 476년, 게르
만족의 지도자 오도아케르에 의해 황제가 폐위되면서 멸망했다.
로마제국 멸망 후 지중해와 유럽에서 번창하던 상업과 무역은 거

51

의 다 중단되었다. 로마제국은 작은 나라들로 나뉘었고 로마의 화폐는 더 이상 사용되지 않았다.

로마제국의 멸망과 함께 사유재산과 자유의 의미도 훼손되었다. 멸망 직전의 로마제국은 겉만 화려했을 뿐 속은 썩어 들어가고 있었다. 로마 황제는 군대의 병사들이 은퇴할 때 땅을 선물로 주었는데, 땅을 받은 병사들은 신분이 자유로운 농민이 되어 나라 살림의 중심이 되었다. 그러나 전쟁이 계속되면서 황제가 전쟁 비용을 농민의 세금으로 메우려 하자 농민층은 경제적으로 완전히 무너지고 말았다. 가난한 농민들은 대농장주에게 고용되어 반노예 상태가 되었다. 결국 로마제국 멸망 후 중세의 농민은 영주에게 더 많이 예속되었다. 농민들은 영주의 땅에서 일하면서 영주에게 세금을 바쳐야 할 의무를 짊어졌다. 마을 밖으로 여행을 할 때도 영주에게 허가를 받아야 했다. 이처럼 완전한 자유를 누리지 못하고 영주에게 예속된 중세의 농민을 '농노'라고 한다.

노동은 노예나 하는
일이라고?

고대 사람들은 노예에게 모든 일을 맡기고 아무것도 하지
않으려고 했다. 중세 수도원에서 노동에 대한 사람들의
생각을 바꾸지 않았다면 공장은 세워지지 못했을 것이다.

고 대 그리스의 아테네에서는 시민의 자유와 사유재산을 보장
했고, 로마제국은 광대한 영토를 효과적으로 통치하기 위
한 법을 제정했다. 그러나 고대 사회에서 자유, 법, 사유재산은 소
수의 시민들에게나 의미 있는 것이었다. 거의 모든 노동을 도맡아
했던 노예들은 어떤 것도 누릴 수 없었다. 고대 사회에서 노예는
왕이나 시민 혹은 농민의 소유물이었으며 어느 누구도 그 사실을
의심하지 않았다.

고대에는 어디를 가든 노예를 부리는 일이 매우 흔했다. 전쟁에서 승리한 나라는 붙잡은 포로들을 시장에 노예로 내다 팔았다. 스파르타뿐만 아니라 아테네와 로마에서도 노예들은 육체노동과 정신노동의 대부분을 맡아 일했다. 노예들은 돼지를 기르고 밭을 일구고 광산을 개발했다. 아테네에서는 노예가 큰 은행의 책임자로 일하기도 했다. 아테네의 장군들 중에는 노예가 1000명을 넘지 않는 사람이 드물었고, 어떤 장군은 자기가 소유한 노예들을 돈을 받고 광산에 빌려주기도 했다.

페리클레스의 황금시대에 아테네에는 대략 40만 명의 노예가 있었다. 이것은 시민 한 명이 노예를 다섯 명씩 데리고 있었다는 뜻이다. 부자들뿐만 아니라 보통 시민들도 노예를 부렸다. 노예들은 요리사, 심부름꾼, 가정교사, 집사, 비서로 일했다. 노예를 좀더 많이 차지하려는 욕심 때문에 전쟁이 일어나기도 했다. 로마제국 시대에 북아프리카에서는 부모가 자식을 부유한 로마인에게 노예로 파는 일도 있었다. 또 빚이 많은 사람들은 빚을 갚기 위해 스스로 노예가 되기도 했다.

그래서 이 무렵에는 노예들이 들고 일어나는 일도 심심찮게 있었다. 그중 가장 유명한 것은 기원전 73년부터 71년 사이에 일어난 스파르타쿠스의 반란이다. 이 일은 로마제국을 위기로 몰아넣을 만큼 큰 사건이었다. 반란군의 우두머리였던 스파르타쿠스는 그리스 북부의 시골 마을인 트라키아 출신으로, 노예 검투사 훈련소에

간힌 검투사였다. 그는 훈련을 마치면 격투장에 나가 로마인들의 즐거움을 위해 죽을 때까지 싸워야만 했다. 스파르타쿠스는 70여 명의 검투사들을 데리고 검투사 훈련소에서 도망쳐 가난한 농민들과 목동들을 모아 반란을 일으켰다. 처음에는 로마제국에서 보낸 진압군 2개 군단을 차례로 격파하고 남부 이탈리아를 지배하기도 했지만, 결국 2년 만에 이탈리아 북부 지방에서 붙잡혀 처형되었다. 하지만 스파르타쿠스가 노예제도의 폐지를 위해 싸웠던 것은 아닌 것 같다. 그는 자신과 가족이 좀 더 나은 삶을 누릴 수 있도록 노예의 신분에서 벗어나려고 했을 뿐 노예제도 자체를 부정하지는 않았다.

노예제도는 고대 사람들의 생활뿐만 아니라 사고방식에도 큰 영향을 끼쳤다. 신분이 자유로운 시민들은 지금 우리가 '일'이라고 말하는 것들의 대부분을 우습게 생각했다. 로마의 정치가이자 작가였던 마르쿠스 툴리우스 키케로(기원전 106년~43년)는 직업에 대해 이렇게 말했다.

"어떤 직업이 귀하고 천한가를 판단하는 데에는 다음과 같은 기준이 적용된다. 우선 항구의 세관원이나 고리대금업자처럼 인간에게 증오심을 불러일으키는 직업은 귀하지 않다. 타고난 재주를 발휘하지 못하고 단순히 노동력을 제공하고 돈을 받는 직업도 별로 좋지 않다. 그런 일을 해서 받은 돈에는 자신을 노예로 부린 데 대한 값이 포함되기 때문이다. 또한 금방 되팔기 위해 물건을 사들이는 상인도 천한 직업이다. 그들은 상대를 속이지 않고는 돈을 벌지 못한다. …… 일을 할 때 정신이 자유롭지 못한 수공업자들도 천한 직업에 속한다. 가장 비천한 직업은 육체적인 쾌락을 위해 일하는 직업이다. 예를 들면 생선 장수, 푸줏간 주인, 요리사, 닭고기나 새고기를 파는 사람, 향수를 파는 사람이 그렇다. 춤꾼처럼 사람들 앞에서 우스꽝스러운 짓을 하는 일도 마찬가지이다."

키케로는 의사, 설계사, 교육자 등을 귀한 직업으로 보았다. 그러나 가장 고상한 직업을 가진 사람은 농사 지을 땅을 가지고 있으면서 일은 노예에게 시키고 자기는 아무것도 하지 않는 사람이었다. 결국 키케로의 기준에서 보면 오늘날의 직업은 거의 모두 비천한 것이다.

고대 사람들의 이런 생각을 바꾸려면 혁명이 필요했다. 그리고 그 혁명은 로마제국이 멸망하면서 가능해졌다. 로마제국이 쇠락의 길을 걷던 4, 5세기경 로마 사람들의 삶은 비참하기 짝이 없었다. 백성들은 굶주림에 허덕이는데 타락한 황제는 흥청망청 먹고 마시며 놀았다. 도둑이 들끓어 나라는 혼란에 빠졌고 상업과 농업과 수공업이 모두 쇠퇴했다. 사람들은 크리스트교라는 새로운 종교에 의지하기 시작했다.

처음 로마에 크리스트교가 전해졌을 때는 박해가 심했다. 그러나 신분과 계급을 초월한 사랑과 평등을 주장한 크리스트교는 노예부터 부유한 시민층에 이르기까지 빠르게 퍼져 나갔다. 서로마제국이 붕괴하는 과정에서 더욱 세력이 커진 크리스트교는 중세 유럽의 지배 이념으로 자리 잡았다.

중세의 교회는 왕과 귀족들로부터 많은 땅을 넘겨받았다. 당시 교회에 속한 땅은 서유럽 전체의 4분의 1을 차지할 정도였다. 교회는 장원의 영주들처럼 땅과 농민을 다스렸다. 이렇게 교회의 세력이 커지면서 목사나 집사 같은 성직을 돈으로 사고파는 일이 벌어졌다. 교회의 부패와 타락에 대한 비판의 목소리가 점점 높아져 수도원을 중심으로 이를 개혁하려는 움직임이 일어났다.

수도원은 4세기경 이집트에 처음 세워졌는데 중세 유럽의 수도원 중에서는 청빈, 정결, 순종을 계율로 삼는 **성 베네딕트 수도원**이 특히 유명했다. 이탈리아 누르시아 출신의 수도사 베네딕트(480년~543년)는 529년경 제자들을 이끌고 이탈리아 중부의 몬테카시노에 수도원을 세웠다. 베네딕트 수도원의 수도사들은 매우 부지런했고 순종적이었다. 그들은 시간을 지켜 예배를 보는 짬짬이 밭에 나가 일을 해서 생활에 필요한 것들을 구했다. '기도하고 일하라!'는 베네딕트 수도원의 가장 중요한 규칙이었다. 나중에 성인의 칭호를 얻은 베네딕트는 사람들에게 직접 노동을 해서 하느님을 모셔야 한다고 설교했다.

베네딕트는 노동을 노예만 할 일이라고 생각하지 않았다. 그는 "그리스도 안에서 우리는 모두 하나이고 똑같다. 그러므로 우리는 똑같은 임무를 수행하며 주님을 모셔야 한다."라고 말하며 수도사들에게 일을 하도록 했다. 그는 수도사들이 자기의 뜻을 쉽게 받아들이도록 스스로를 하느님의 노예로 생각하게 만들었다. 당시 수도사들은 모두 자유 시민이나 귀족 출신이었지만 과거 로마제국의 노예들이 하던 일을 했다.

베네딕트가 생각하는 노동의 규칙은 이런 것이었다.

"아무것도 하지 않는 것은 정신에 해롭다. 그러므로 정해진 시간에 따라 육체적인 일과 정신적인 일을 모두 해야 한다."

수도사들은 베네딕트의 규칙에 따라 하루를 기도 시간, 예배 시간, 노동 시간으로 엄격하게 구분해 생활했다.

베네딕트의 규칙을 따르는 수도사들은 수도원 바깥에 사는 사람들에게도 좋은 본보기가 되었다. 사람들은 하느님을 믿는 수도

사들처럼 계획을 세워 하루하루를 보냈다. 이 일을 계기로 사람들은 시간과 환경, 노동에 대한 생각을 바꾸게 되었다. 중세의 수도원에서 이런 변화를 시도하지 않았다면 세상에 공장 같은 것은 세워지지 못했을지도 모른다.

시장가격은
어떻게 정해질까?

중세가 되자 정기적으로 물건을 사고팔 수 있는 시장이 생겨났다. 사람들은 자기가 원하는 물건을 구하고 팔면서 자연스럽게 시장의 원칙을 만들어 갔다.

중 세의 수도원은 야만적인 세상에서 섬 같은 곳이었다. 수도원 밖은 강한 자만이 살아남을 수 있는 무법천지였지만, 수도원 안의 수도사들은 직접 농사를 짓고 옛날 책과 문서들을 보관하고 연구하며 평온히 살았다.

왕과 귀족들은 수도원에 기꺼이 토지를 나누어 주었고, 수도원의 살림은 모두 수도원의 땅에서 나온 것으로 이루어졌다. 수도사들은 필요한 것들을 직접 만들거나 수도원의 농토에서 일하는 농노들에게 만들게 했다. 수도사와 농노들은 밀을 심고 거두어 빵을 만들었고 포도주와 맥주를 만들었으며 여러 가지 통과 연장도 만들었다. 또 양어장을 만들어 물고기를 기르거나 옷감을 잘라 옷을 만들기도 했다.

그러나 수도원에서 생활하는 수도사들을 제외한 대부분의 사람들은 영주의 토지인 장원 안에서 살았다. 장원에는 농사 짓는 땅과 영주와 농노들의 집, 제분소나 제빵소, 창고처럼 생활에 필요한 시설들이 있었다. 장원은 귀족인 영주가 왕에게 충성을 맹세하고 받은 땅인데 영주는 그 대가로 왕을 위해 전쟁에 나가 싸워야 했다. 장원에서 사는 농민은 신분이 자유롭지 못한 농노로, 영주의 땅을 빌려 농사를 짓고 세금을 내며 영주를 위해 일해야 했다. 중세에는 이런 장원을 중심으로 자급자족 경제가 이루어졌다.

중세 초에는 고대 그리스와 로마시대에 지중해 지역에서 활발히 이루어졌던 무역이 거의 사라지고 없었다. 그러나 중세에 상업이 완전히 사라진 것은 아니었다. 수도원이나 영주의 장원에서 만들지 못하는 물건도 있었기 때문이다.

예를 들면 소금이 그랬다. 소금은 당시 대단히 중요한 물건이었다. 소금이 없으면 고기와 치즈를 오랫동안 보관할 수 없었다. 중세 사람들은 소금을 '염천'이라고 부르는 소금물 샘에서 길어 올리거나 광산에서 캐낸 돌덩어리에서 구했다. 알프스 산맥에는 소금 광산이 여러 개 있었는데, 지금도 그 근방의 도시 이름을 보면 과거

61

그곳에서 소금이 나왔음을 알 수 있다. '소금(잘츠)'과 '성곽(부르크)'이라는 단어로 이루어진 독일의 잘츠부르크가 그런 곳이다.

수도원이나 장원에는 언제나 지나치게 많이 생산되는 것과 적게 생산되는 것들이 있었다. 포도 농사가 잘되어서 포도를 저장할 통이 부족해지면 포도가 많은 사람은 통을 많이 가진 사람을 찾아 교환을 해야 했다. 또 흉년이 든 장원의 농부들은 많은 수확을 낸 품질 좋은 씨앗을 구하려고 애썼다.

농부들은 멀리 가지 않고도 원하는 것을 구할 수 있기를 바랐다. 중세에는 로마제국 시대에 건설된 도로가 모두 파괴되어 도로 사정이 좋지 않았다. 또 어딜 가든 도둑이 들끓어서 먼 곳까지 여행하기가 어려웠다. 만약 일정한 장소에서 사람들이 정기적으로 만나 물건을 사고팔 수 있다면 위험을 무릅쓰고 멀리까지 가지 않고도 원하는 물건을 구할 수 있었다. 이렇게 해서 **시장**이 생겨났다.

중세의 시장은 오늘날 세계 어디에나 있는 재래시장과 별로 다르지 않았다. 시장에서는 직접 거둔 농작물을 가지고 나온 시골 여자들과 집에서 만든 바구니나 가구를 가지고 나온 남자들이 적당히 물건을 늘어놓고 팔았다. 어떤 사람은 지붕이 있는 포장마차에 물건을 올려놓았고, 또 다른 사람은 보자기에 과일들을 펼쳐 놓았다. 살아 있는 닭을 닭장에 가둬 놓고 파는 사람도 있었다. 돈을 가지고 값을 흥정하는 사람들도 있었지만 모든 사람이 사용하기에는 아직 돈이 부족했기 때문에 여전히 물물교환이 많이 이루어졌다.

744년 프랑크왕국의 왕 피핀은 커다란 마을이 있는 곳에서는 반드시 일주일에 한 번씩 시장을 열도록 명령했다. 프랑크왕국에서는 로마 시대의 동전 주조 방법을 이어받아 알자스 지방에서 캐낸 은으로 은화를 만들어 썼다. 그러나 백성들이 그런 동전을 손에 쥘 기회는 거의 없었다.

사람들은 자기가 원하는 물건을 구하고 팔면서 자연스럽게 시장의 원칙을 만들어 갔다. 물건을 파는 사람들은 가능한 한 비싼 값에 팔려고 하고 물건을 사는 사람들은 싸게 사려고 했다. 팔려는 사람과 사려는 사람은 시장에서 만나 서로 만족할 때까지 흥정을 해서 적당한 가격을 정했다. 가격이 오르면 사려는 사람은 줄어들고 팔려는 사람은 많아진다. 팔려는 사람이 사려는 사람보다 많아지면 가격은 다시 떨어진다. 이런 방식으로 시장에서는 물건의 가격뿐만 아니라 필요한 물건의 양이 자연스럽게 정해졌다. 제대로 된 시장에서는 아침에 물건을 팔러 나온 사람이 저녁이면 물건을 모두 팔고 돌아갈 수 있었다.

그러나 이런 규칙을 따르지 않는 시장에서는 바로 혼란이 찾아왔다. 어떤 나라의 왕이 백성들이 빵이 비싸다고 불평하는 것을 듣고 법으로 빵값을 낮추었다고 생각해 보자. 정해진 값보다 더 비싸게 빵을 파는 사람은 엄하게 처벌을 받았다. 결과는 어떨까? 처음에 사람들은 빵을 싸게 많이 살 수 있어서 기뻐할 것이다. 그러나 곧 빵을 만들어 팔려는 사람이 줄어들어 시장에는 빵이 부족해질

것이다. 애써 농사를 짓고 빵을 만들어도 적절한 값을 받을 수 없다면 아무도 빵을 만들어 팔려고 하지 않을 것이기 때문이다. 빵은 시장에 나오기가 무섭게 팔려 나가고, 많은 사람들이 줄을 서서 기다리고도 빵을 사지 못하고 굶주리게 될 것이다.

이번에는 왕이 빵값을 높였을 경우에 대해 생각해보자. 빵값이 비쌀 때는 빵을 팔아 돈을 벌려는 사람이 늘어난다. 하지만 비싼 빵을 살 수 있을 만큼 돈이 많은 사람은 그리 많지 않다. 결국 상인들은 팔리지 않고 남은 빵을 다시 집으로 가져가야 할 것이다.

그래서 시장에서는 가격이 물건을 사려는 사람의 욕구인 수요와 물건을 팔려는 사람이 제공하는 공급에 따라 정해졌다. 그런데 중세의 수공업자들은 이런 시장의 원리를 따르지 않고 제멋대로 가격을 결정했다. 그러고는 수요가 얼마나 있는지 알아보는 대신 시장에 물건이 너무 많이 나오는 것을 막기 위해 **길드**라는 조합을 만들었다. 길드에서는 시장에 내보낼 물건의 종류와 양을 엄격하게 정했다. 처음에 길드는 수공업자들에게 많은 이득을 가져다주었다. 시장에서 정해진 가격으로 물건을 파는 것보다 더 많은 돈을 벌 수 있었기 때문이다. 길드에 속한 수공업자들은 자기 직업을 계속 독차지하기 위해 직업상의 비밀을 숨기는 데 엄청난 정성을 기울였으며, 더 새롭고 나은 제조법을 발명한 사람을 견제했다. 이 때문에 중세에는 기술이 느리게 발전했다.

유럽 경제를 살찌운
십자군 전쟁

십자군 전쟁을 통해 아라비아 숫자와 복식부기 같은 아랍의 발전된 문화를 받아들인 유럽인들은 처음으로 사업의 흐름과 규모를 파악할 수 있었다.

역사 속에는 엄청난 재앙이 아무도 예상하지 못한 긍정적인 결과를 낳는 경우가 종종 있다. 중세 유럽의 십자군 전쟁도 그런 경우의 하나이다.

1095년에 교황 우르바누스 2세는 크리스트교도들에게 이교도인 유태인과 이슬람교도를 상대로 전쟁을 벌일 것을 촉구했다. 예수의 무덤이 있는 예루살렘의 성지를 이교도로부터 해방시키는 것이 전쟁의 목적이었다. 당시 예루살렘은 이슬람교를 믿는 셀주크

튀르크 족의 지배를 받고 있었다.

교황의 주장은 엄청난 반응을 불러일으켰다. 프랑스와 남부 이탈리아의 기사들은 변변한 무기도 갖추지 못한 채 외투에 빨간 십자가를 꿰매고 십자군이 되어 성지로 향했다. 크리스트교를 믿는 수많은 사람들이 기사들의 뒤를 따랐다.

1099년 7월 15일, 십자군은 예루살렘을 점령하고 예루살렘 주민들을 무참히 학살했다. 예루살렘 왕국을 비롯해 곳곳에 십자군의 나라가 세워졌다. 그러나 십자군의 승리는 그리 오래가지 못했다. 200년 동안 일곱 차례에 걸친 십자군 원정은 1291년 마지막 보루인 아코가 함락되면서 막을 내렸다.

십자군 전쟁은 인간의 가장 야만적인 면을 적나라하게 드러낸 참혹한 전쟁이었다. 하지만 십자군 전쟁으로 유럽인들은 우수한 이슬람 문화와 비잔틴 문화를 받아들여 경제, 문화 발전의 계기를 마련했다.

당시 아랍 국가들은 크리스트교 국가들에 비해 군사적인 면뿐만 아니라 문화적인 면에서도 월등히 앞서 있었다. 아랍인들은 고대 그리스의 고전들을 보관하고 연구해 뛰어난 수학자와 천문학자, 예술가와 상인들을 많이 배출했다.

아랍인들은 독특한 숫자 체계를 사용했다. 오늘날 우리가 사용하고 있는 아라비아 숫자가 바로 그것이다. **아라비아 숫자**는 원래 인도에서 만들어진 것이지만 아랍인들에 의해 유럽에 전해져 아라비아 숫자라는 이름이 붙었다. 아라비아 숫자 중에서도 '아무것도 없음'을 나타내는 '0'은 특히 중요했다. 숫자 '0'의 발명으로 곱셈과 분수 계산이 한결 쉬워졌고, 수를 표현할 때도 0, 1, 2, 3, 4, 5, 6, 7, 8, 9를 써서 열 배마다 윗자리로 올려 나아가는 십진법으로 간단하게 쓸 수 있었다.

유럽인들은 십자군 원정을 통해 아라비아 숫자를 처음으로 배웠다. 발 빠른 상인들을 중심으로 아라비아 숫자는 그때까지 쓰이던 로마 숫자를 빠르게 대신했다. 아라비아 숫자를 이용하면 계산이 훨씬 더 간단했고, 장사가 어떻게 돌아가는지 한눈에 알아볼 수 있었다.

중세 유럽의 상인들은 오래전부터 장사를 통해 벌어들인 돈과 나간 돈을 장부에 기록했다. 그러나 기록 방법은 매우 단순해서 장부에 필요한 내용을 낙서처럼 긁적여놓는 게 전부였다. 누구에게 어떤 물건을 얼마에 팔았는지를 쓰지 않는 경우도 많았다. 중세의 상인들은 오늘날 어린아이들도 다 아는 간단한 덧셈, 뺄셈, 곱셈, 나눗셈조차 하지 못했다. 많은 상인들이 자기가 계산을 정확히 했는지 확신하지 못했다. 심지어 농민들은 손수건으로 매듭을 만들어 계산을 하기도 했다. 그러다 보니 전체적인 거래 규모를 파악할 수 없었고, 중세 사람들은 거래 내용을 정확하게 알려고 하지도 않았다. 그런데 아라비아 숫자를 사용하기 시작하면서부터 모든 것이 완전히 바뀌었다.

아라비아 숫자와 함께 장부를 더 간단하고 정확하게 기록할 수 있는 방법도 전해졌다. 지금도 세계 곳곳에서 사용되고 있는 **복식부기**가 그것이다. 유럽에 복식부기를 처음으로 널리 알린 사람은 이탈리아의 루카 파치올리(1445년~1510년)이다. 그러나 파치올리가 복식부기를 발명했다고 말하기는 어렵다. 그보다는 아랍과 이탈리아의 상인들이 오래전부터 사용해 오던 복식부기를 파치올리가 책으로 알기 쉽게 정리했다고 보는 편이 옳을 것이다.

복식부기의 기본은 거래상의 모든 과정을 두 번씩 적는 것이다. 예를 들어 어느 상인이 포도주 한 통을 10두카텐을 받고 팔았다면

포도주 재고 칸에는 '−1개', 현금 칸에는 '+10두카텐'이라고 쓴다. 모든 거래를 이렇게 기록하면 어느 때라도 **대차대조표**를 만들 수 있다.

이탈리아에서 처음 사용하기 시작한 대차대조표는 회사의 경영 상태를 숫자로 기록한 표이다. 대차대조표는 양쪽에 접시가 하나씩 있는 저울과 같다. 왼쪽 접시에는 회사가 현재 가지고 있는 돈과 수입을 쓰며 '차변'이라고 한다. 오른쪽 접시에는 지불한 돈을 기록하며 '대변'이라고 한다. 양쪽 접시는 항상 균형을 이루어야 한다. 만약 저울이 한쪽으로 기울어진다면 무언가 실수가 있다는 뜻이다.

복식부기를 쓴 뒤로 사람들은 사업의 흐름을 한눈에 꿰뚫어 볼 수 있게 되었다. 복식부기를 이용하면 돈과 물건이 어디에서 어떻게 얼마나 움직이고 있는지 쉽게 알 수 있었다. 사람들은 처음으로 자기가 이익을 얼마나 남기는지 계산할 수 있게 되었다. 다른 사람의 거래 규모 또한 쉽게 알아볼 수 있었다. 또 회사가 잘 운영될 것인지 아닌지를 미리 계산해볼 수 있어 돈을 빌리기도 한결 수월해졌다. 복식부기는 빠르게 유럽 전체로 퍼져 나갔다. 복식부기를 사용하는 사람이 그렇지 않은 사람보다 보통 더 많은 돈을 벌었던 것이다.

시계 발명 이후 달라진 경제생활

기계 시계가 발명된 후 시간은 일을 하는 데 하나의 기준
이 되었다. 점점 사람들은 교회에 나가 기도할 시간에 일
을 해서 돈을 버는 것이 더 낫다고 생각하기 시작했다.

이미 원시시대부터 시간은 인간의 삶과 밀접한 관련이 있었
다. 사람들은 해가 뜨면 일어나서 일을 하고 해가 지면 일
을 멈추고 잠자리에 들었다. 또 곡식이 익고 과일이 열리는 계절이
되면 추수를 하고 축제를 열었다.

농사를 짓기 시작하면서 시간은 더욱 중요해졌다. 해마다 가뭄
이나 홍수가 언제 일어나는지를 알면 농사의 시기를 조절할 수가
있었다. 그래서 이집트와 수메르 사람들은 해와 달과 별의 움직임

을 관찰해 달력을 만들었다. 시간을 측정하려는 시도도 계속되었다. 이집트 학자들은 밤에는 별의 흐름을 보고 낮에는 물시계의 도움을 받아 하루를 일정한 간격으로 나누었다. 물시계는 좁은 구멍을 통하여 물이 일정한 속도로 그곳에 떨어지게 하여 고이는 물의 분량과 줄어든 물의 분량을 헤아려서 시간을 재는 도구이다. 이집트 학자들은 낮과 밤을 각각 10시간으로 보고 새벽과 초저녁 시간을 2시간씩 계산해 오늘날처럼 하루를 24시간으로 나누었다. 하지만 해 뜨는 시각에 낮이 시작되고 해 지는 시각에 낮이 끝난다고 보았기 때문에 밤의 1시간과 낮의 1시간은 길이가 달랐다. 또 여름에는 겨울보다 낮 시간이 더 길었다. 그럼에도 해의 위치는 줄곧 시간을 나누는 기준이 되었다. 세상 어디를 가나 같은 시각에 시간을 알리는 종이 울린다는 것을 옛날 사람들은 상상도 하지 못했다.

중세가 되자 정확한 시간을 알고 싶어 하는 사람이 더욱 많아졌다. 우선 수도원의 수도사들이 그랬다. 엄격한 규칙에 따라 생활했던 베네딕트 수도원의 수도사들은 기도 시간을 지켜야 했고 식사도 반드시 제시간에 해야 했다. 시간에 대지 못한 수도사들은 벌을 받았다. 수도원 밖에서도 신앙심이 깊은 사람들은 수도사들처럼 기도 시간을 지키려고 했기 때문에 수도원에서는 기도 시간이 되면 종을 울렸다. 중세의 수도원에서 썼던 시계는 글자판 없이 무거운 추를 매단 것으로 매일 15분 정도 오차가 있었다.

마침내 몇몇 사람들이 톱니바퀴, 추, 추를 거는 막대를 이용해

기계 시계를 만들었다. 누가 시계를 발명했는지는 알려져 있지 않지만, 1280년부터 1300년 사이에 유럽 곳곳에서 시계가 발명되었다는 것만은 확실하다.

맨 처음 만들어진 시계는 바늘이 하나뿐이었는데 이 바늘이 톱니바퀴에 연결되어 동그란 판 위를 원을 그리며 움직였다. 두 번째 시계 바늘은 한참 뒤에야 만들어졌다. 최초의 시계는 요즘 우리가 쓰는 시계에 비하면 몹시 부정확했다. 톱니바퀴를 정확하게 만들

연장이 없었기 때문이다. 그래도 이전에 쓰던 물시계나 해시계보다는 정확했고 해의 움직임에 상관없이 움직였다.

기계 시계의 발명은 많은 사람들에게 큰 영향을 끼쳤다. 시계를 발명한 사람들조차 그런 결과를 예상하지는 못했을 것이다. 이전과 달리 시계는 교회의 행사를 기준으로 움직이지 않고 늘 똑같은 간격으로 시간을 알렸다. 시계는 여전히 교회의 첨탑에 매달려 있었지만 몇 시인지 알고 싶은 사람은 언제라도 시계를 볼 수 있었다. 시간은 더 이상 힘 있는 자들 마음대로 움직이는 것이 아니라 사람의 의지와는 상관없이 세상 어디에서나 일정하게 움직이는 자연현상이 되었다.

상인들은 시계가 아주 쓸모 있는 물건이라고 생각했다. 그들은 돈이 얼마나 들고 나는지 뿐만 아니라 언제 들고 나는지에 대해서도 관심이 많았다. 돈의 흐름이 언제 어떻게 일어나는지 알면 미리 준비를 할 수 있었기 때문이다. 기계 시계의 발명으로 상인들은 들어오고 나가는 돈뿐 아니라 시간도 계산하기 시작했다. 돈과 함께 시간도 아껴야 할 것이 되었다.

사람들은 교회의 시계탑에서 울리는 종소리를 들으며 저마다 시간을 정해 규칙적으로 일했다. 시간을 정확히 재는 것은 먹고사는 일과 밀접한 관련을 맺게 되었다. 시간은 보통 사람의 평범한 일상에도 의미를 가지게 되었다. 사람들은 교회에 나가 영원히 살게 해달라고 기도할 시간에 일을 해서 돈을 버는 것이 더 낫다고 생각했다. 교회는 점점 사람들의 삶에서 멀어졌다.

더 나아가 시간은 일을 하는 데 하나의 기준이 되었다. 전에는 일을 시작하고 끝내는 시간이 날씨나 숙련된 장인의 결정에 따라 정해졌다. '푸른 월요일'이 그런 경우이다. 독일의 방직 공장에서는 옷감을 염색할 때 보통 옷감을 일요일에 물에 담가두었다가 월요일에 꺼내어 말렸다. 그래서 월요일에는 옷감이 마르기를 기다리며 일을 쉬었다. 하지만 이런 일들은 기계 시계의 발명과 함께 잠차 사라져서 16세기에 독일 하르츠 광산의 광부들은 정해진 근무시간에 따라 일하고 근무시간에 따라 임금을 받았다.

미국의 사회학자 루이스 멈퍼드(1895년~1990년)는 시계를 '인간의 행동을 유발하는 수단'이라고 정의했다. 멈퍼드는 기계 시계 덕분에 사람들이 보다 합리적으로 생각하게 되었고 공장을 세워 지금과 같은 경제생활을 할 수 있게 되었다고 보았다.

중세 유럽은 오랫동안 이슬람 국가에 경제적, 문화적으로 뒤쳐져 있었으나 기계 시계 발명 이후 기술적 우위를 점하며 세계를 지배할 수 있는 힘을 얻었다. 시계는 인도와 중국으로 퍼져 나갔고, 아프리카에서도 큰 인기를 끌었다.

2장 | 자본주의의 성립과 발전

향신료는
왜 비쌌을까?

15세기, 유럽에서는 비단과 향신료 같은 동양 물건들이 비싼 값에 팔렸다. 동방 무역의 중심지였던 콘스탄티노플에는 각지의 상인이 모두 모여 교역이 활발히 이루어졌다.

베네치아 상인 마르코 폴로(1254년~1324년)는 1271년에 바그다드와 페르시아를 거쳐 중국까지 먼 여행을 떠났다. 중국에 도착한 마르코 폴로는 당시 몽고의 통치자였던 쿠빌라이 칸의 두터운 신임을 받았고 20년 후 고향으로 돌아와 『동방견문록』을 썼다. 긴 여행길에서 마르코 폴로가 보고 들은 것을 담은 『동방견문록』은 과장된 부분도 없지 않았지만 유럽인들의 세계관을 바꾸어놓기에 충분했다.

마르코 폴로와 루카 파치올리를 배출한 베네치아는 오래전부터 경쟁 관계에 있었던 제노바를 제치고 지중해 지역에서 가장 강하고 부유한 도시가 되었다. 베네치아인들은 지금의 튀르키예 이스탄불에 자리한 콘스탄티노플과 이집트의 알렉산드리아까지 배를 타고 나가 장사를 했다. 그곳은 인도와 중국, 페르시아에서 귀한 물건들을 싣고 온 배들이 짐을 부리는 곳이었다.

십자군 전쟁 이후 지금의 이탈리아에 있는 베네치아, 제노바 같은 도시들을 중심으로 **동방무역**이 활발하게 이루어졌다. 당시 유럽에서 동양 물건의 인기는 하늘을 찌를 듯했다. 베네치아인들은 인도에서 보석, 비단, 향신료를 들여와 비싼 값에 팔았다. 특히 바닐라, 후추, 육두구 같은 향신료가 귀했다. 베네치아에서는 육두구 열매 하나가 금화 한 닢에 거래될 정도였다.

향신료값은 왜 그렇게 비쌌을까? 중세 말에 사람들이 먹었던 음식을 살펴보면 답을 찾을 수 있다. 당시 유럽인들은 아주 단순한 음식을 먹었다. 중세에는 지금 먹는 많은 음식들이 없었다. 감자와 토마토는 아메리카 대륙이 발견된 1492년 이후에야 유럽에 들어왔다. 커피와 차, 코코아도 마찬가지였다. 과일이나 채소처럼 쉽게 상하는 것들은 오래 보관하거나 운반하기 어려워서 유럽인들은 대부분 곡식으로 만든 죽이나 빵, 고기를 먹고 살았다. 고기는 대개 소금에 절인 고기였다. 고기를 오래 저장하기 위해서는 소금에 절여 보관해야 했기 때문이다. 하지만 소금에 절인 고기는 질기고 맛도 떨어졌다. 이런 고기를 맛있게 만들려면 양념이 필요했는데 인도에서 가져온 향신료가 가장 맛이 좋았다.

유럽의 **동방무역**은 오스만튀르크족이 비잔틴제국을 점령하기 전까지는 순조롭게 이루어졌다. 비잔틴제국은 유럽과 아시아, 흑해와 지중해가 만나는 곳에 자리하여 교역의 중심지로서 번영을 누렸다. 비잔틴제국의 수도 콘스탄티노플에는 각지의 상인들이 모두 모여들었다.

고대 그리스와 로마제국의 유산을 고스란히 간직한 비잔틴제국은 동방의 문화를 받아들여 독특한 문화를 이루었다. 동양과 서양이 만나는 교차점에 위치한 지리적 특성이 이를 가능케 했다. 종교역시 독자적으로 발전하여 콘스탄티노플의 주교를 중심으로 그리스정교회가 세워졌다. 그러나 비잔틴제국은 십자군 원정과 이슬람 세력과의 오랜 전쟁 때문에 국력이 쇠락해 1453년 5월 29일, 오스만튀르크족에 의해 멸망하였다. 오스만튀르크족은 콘스탄티노플의 이름을 이스탄불로 바꾸어 수도로 삼았다.

이후 지중해를 통해 페르시아를 거쳐 인도로 가던 무역 길이 완전히 끊기고 말았다. 인도나 중국의 귀한 물건과 향신료를 계속 들여오려면 다른 길을 찾아야 했다. 유럽인들은 아프리카를 거쳐 인도로 가는 바닷길을 개척하기 시작했다.

이 과정에서 그때까지 잘 알려지지 않았던 포르투갈이 강력한 해상 국가로 떠올랐다. 유럽 서쪽 끝 이베리아반도에 자리한 포르투갈은 15세기, 아프리카의 서부 해안선을 따라 인도로 가는 새로운 바닷길의 개척에 앞장섰다.

1498년에 포르투갈의 탐험가 바스코 다 가마는 유럽인으로서는 처음으로 아프리카의 가장 남쪽 끝에 있는 곳에 도착해 희망봉이라는 이름을 붙였다. 바스코 다 가마는 인도양을 따라 항해를 계속해서 인도까지 갈 수 있는 바닷길을 열었다. 포르투갈인들은 아프리카의 해안 지역에 무역을 위한 특별 지구를 만들고, 흑인들에게 유리알이나 술처럼 시시한 물건들을 준 대가로 금과 보석을 받았다. 또 인도의 고아, 페르시아만의 호르무즈, 말레이시아의 믈라카

같은 도시들도 포르투갈의 땅이 되었다. 포르투갈은 활발하게 아시아, 아프리카와 무역을 벌였다.

하지만 포르투갈인들과 아시아, 아프리카인들의 무역은 평화로운 방법으로 이루어지지 않았다. 포르투갈인들은 거래를 위해 매번 원주민들과 전쟁을 일으켰다. 그렇게 거래가 시작된 도시 중 몇곳은 나중에 포르투갈의 식민지가 되어 더욱 심하게 약탈당했다. 이렇게 유럽인들은 칼과 총의 힘을 빌려 유럽 밖으로 뻗어 나갔다.

가격혁명과 상업혁명은
왜 일어났을까?

신대륙의 발견으로 유럽에는 엄청난 양의 금과 은이 쏟아
져 들어왔다. 이로 인해 일어난 가격혁명과 상업혁명은
근대 자본주의 발달의 발판이 되었다.

바스코 다 가마의 인도 항로는 아프리카 대륙을 빙 돌아 인도
로 가는 것이어서 시간이 많이 걸리고 위험했다. 그래서 바
스코 다 가마가 인도로 가는 길을 발견하기 전부터 많은 뱃사람들
과 상인들이 인도로 가는 좀 더 쉽고 빠른 길을 찾아 배를 띄웠다.
그들은 폴란드의 천문학자 니콜라우스 코페르니쿠스의 '지동설'을
믿었다.

　그때까지 유럽인들은 지구가 성경에 쓰여 있는 것처럼 반구 모

양이라고 생각했다. 하늘이 원반 모양의 땅을 뚜껑처럼 둥그렇게 덮고 있다고 생각한 것이다. 중세 사람들은 지구의 끝인 원반의 가장자리까지 가면 밑으로 떨어져 지옥에 빠진다고 믿었다. 하지만 코페르니쿠스는 별의 움직임을 관찰해 지구가 공처럼 생겼으며 태양의 주변을 돈다는 지동설을 발표했다. 중세 사람들은 성경에 쓰인 것만이 진실이라고 믿었기 때문에, 코페르니쿠스는 지동설을 발표하기 위해 많은 위험을 감수해야 했다. 어쨌든 코페르니쿠스의 이론이 옳다면 유럽에서 서쪽으로 계속 가기만 해도 인도에 도착할 수 있었다.

1476년 8월 13일, 포르투갈의 대서양 쪽 해안으로 제노바의 호송선 몇 척이 지나가고 있었다. 배에는 영국으로 가져갈 귀한 물건들이 실려 있었는데 갑자기 포르투갈의 함대가 길을 막아섰다. 곧 피비린내 나는 싸움이 일어나 제노바인 선원 수백 명이 바다에 빠져 죽었다. 그때 가까스로 죽음을 면해 나무판자를 붙잡고 바닷가로 떠밀려온 사람이 있었다. 그는 나중에 아메리카 대륙을 발견한 크리스토퍼 콜럼버스였다.

젊은 청년 콜럼버스는 이탈리아로 돌아가지 않고 포르투갈의 수도 리스본에 남았다. 리스본은 아프리카의 해안을 따라 항해해 온 배들이 도착하는 곳이었다. 매일같이 뱃사람들이 코끼리의 상아와 금과 흑인 노예를 배에서 내렸다. 콜럼버스는 리스본에서 지도 제작자와 도서관 사서로 일하면서 지리와 천문에 대한 지식을 쌓았다. 그는 지구가 공처럼 둥글다는 코페르니쿠스의 지동설을 읽고 대서양을 항해해서 인도나 중국까지 가기로 결심했다.

1484년 콜럼버스는 포르투갈의 왕을 찾아가 인도로 가는 새로운 뱃길을 찾아 나설 계획을 설명하고 배와 필요한 장비를 지원해 달라고 부탁했다. 하지만 그때는 바스코 다 가마가 아프리카를 돌아서 인도로 가는 길을 발견하기도 전이어서 포르투갈의 왕과 신

하들은 콜럼버스의 계획이 무모하다고 생각했다. 콜럼버스는 허풍쟁이, 사기꾼이라고 손가락질받으며 궁궐 밖으로 쫓겨났다. 콜럼버스는 이후 8년 동안이나 자신의 계획을 위해 싸웠다. 포르투갈 왕에게 쫓겨난 콜럼버스는 에스파냐(스페인)의 페르난도 왕과 이사벨 여왕을 찾아갔고 프랑스 왕도 찾아갔지만 번번이 실패했다. 결국 에스파냐의 페르난도 왕과 이사벨 여왕이 콜럼버스에게 탐험에 필요한 장비를 지원해주기로 약속했다.

1492년 8월 3일, 콜럼버스는 '산타마리아', '핀타', '니냐'라는 이름의 배 세 척에 닻을 올리고 바다로 나아갔다. 얼마 가지 않아 콜럼버스는 카나리아제도에 도착했다. 카나리아제도에서 서쪽으로 항해를 계속해 10월 12일에 콜럼버스는 카리브해의 한 섬에 닻을 내렸다. 콜럼버스는 그곳에 '성스러운 구원자'라는 뜻의 '산살바도르'라는 이름을 붙였다. 콜럼버스는 산살바로드가 인도 앞에 있는 섬이라고 생각했다. 10월 27일에는 쿠바를 발견했고 12월 6일에는 또 다른 큰 섬을 발견해 '에스파놀라'라는 이름을 붙였다.

콜럼버스는 죽는 순간까지 자기가 인도로 가는 뱃길을 발견했다고 믿었다. 후에 이탈리아의 항해사 아메리고 베스푸치가 콜럼버스가 탐험한 곳이 세상에 알려지지 않은 새로운 대륙임을 밝혀냈다. 독일의 지리학자 발트 제뮐러는 베스푸치가 그 대륙을 발견했다고 보고 신대륙에 아메리고 베스푸치의 이름을 따서 '아메리카'라는 이름을 붙였다.

콜럼버스는 자기가 도착한 대륙이 에스파냐 왕의 땅이라고 보았다. 그때는 크리스트교도인 왕이 다스리지 않는 땅은 주인이 없는 땅이므로 처음 발견한 사람의 소유가 된다고 생각했다. 신대륙에서 금을 발견한 콜럼버스는 금을 가져가서 에스파냐 왕실을 더욱 부유하게 만들고 새로운 탐험을 지원받으려고 했다. 당시 수많은 유럽의 탐험가들이 그랬던 것처럼 콜럼버스가 항해에 나선 첫번째 목적도 금이었다. 유럽에서는 13세기부터 화폐로 금화를 주로 사용해 금에 대한 수요가 많았기 때문이다.

콜럼버스의 아메리카 대륙 발견 이후, 유럽에는 아메리카 대륙의 금과 은이 갑자기 쏟아져 들어와 화폐 가치가 떨어지고 물가가 올랐다. 15세기 말부터 17세기 초까지 유럽 각국의 물가는 두세 배나 올랐는데, 이를 **가격혁명**이라고 한다. 가격혁명으로 기업의 경영자나 상인들은 장사를 해서 많은 돈을 남길 수 있었다. 이들은 늘어난 이윤을 이용해 자본을 축적하고 경영 규모를 확대해 근대 자본주의 발달의 발판을 마련했다.

또한 아메리카라는 넓은 시장을 바탕으로 유럽의 상업 규모와 영역이 확대되었다. 에스파냐와 포르투갈을 중심으로 경제의 중심지가 지중해에서 대서양으로 바뀌면서 **상업혁명**이 일어났고 유럽의 상권은 세계적인 규모로 성장했다.

이렇게 아메리카 대륙의 발견으로 유럽의 경제는 풍요로워졌지만 아메리카 원주민들은 많은 고통을 받았다. 콜럼버스는 일기장에 '인디언들은 우리가 무기를 들이대자 무엇을 어떻게 해야 할지 몰라 당황했다. 우리는 겨우 50명으로 인디언들을 모두 제압했고, 어떤 일이든 다 시킬 수 있었다.'라고 썼다.

콜럼버스는 처음에 인디언이라고 불리는 원주민들과 물물교환을 시도했다. 그러나 교역은 제대로 이루어지지 않았다. 인디언들은 물건을 소유한다는 생각을 이해하지 못했고, 유럽 물건의 가격을 어떻게 지불해야 하는지도 몰랐다. 그래서 자기들이 가진 것을 모두 다 주고 유럽인들에게도 가지고 있는 모든 것을 자기들과 나누자고 요구했다. 인디언들은 에스파냐 선원들이 주는 시시한 물건들을 무척 고맙게 받았고 금으로 만든 장신구를 기꺼이 건네주었다. 나중에 콜럼버스는 양심의 가책을 느껴 선원들이 유리 조각이나 물건을 묶는 끈 같은 조잡한 물건으로 인디언들을 속이는 일을 금지했다.

인디언들과 유럽인들 사이에 무역이 평화롭게 이루어졌다면 양쪽 모두에 득이 될 수도 있었을 것이다. 그러나 유럽인들은 자신들보다 약한 원주민을 무자비하게 약탈하고 죽였다. 카리브해의 섬에 살았던 인디언들은 유럽인들에게 거의 모든 것을 빼앗겼다.

선교사들은 에스파냐의 군대가 인디언들을 잔인하게 죽였고, 절망한 인디언들이 심한 우울증에 시달렸다고 전했다. 유럽인들이 옮긴 질병인 천연두 때문에 많은 인디언 아이들이 목숨을 잃자 인디언들은 더 이상 아이를 낳지 않으려고 했다.

또한 에스파냐의 정복자들은 상상할 수 없을 만큼 잔인하게 지금의 페루, 멕시코 지역의 잉카문명과 아스텍문명 같은 우수한 인디언 문명을 짓밟았다. 제대로 장비도 갖추지 않은 유럽의 탐험가들이 아무것도 훈련받지 않은 군인 몇 명만 데리고도 수백 년의 역사를 가진 아메리카 대륙의 문명을 파괴했다.

에스파냐와 포르투갈은 남아메리카 대륙을 식민지로 만들고 인정사정없이 약탈했다. 이때 유럽의 식민지가 된 국가들은 19세기가 되어서야 독립했다. 하지만 남아메리카에는 지금도 식민지로 고통받은 흔적이 뚜렷이 남아 있다. 불과 얼마 전까지도 멕시코에서는 인디언 출신의 국민들이 봉기를 일으켰고, 에콰도르에서는 인디언과 백인 사이의 팽팽한 긴장 속에 정부가 바뀌었다. 당시 식민 지배를 받았던 많은 나라들이 아직도 경제적으로 어려움을 겪고 있다.

노예제도는 경제에
도움이 되었을까?

18세기에 유럽 여러 나라들은 값싼 흑인 노예의 노동력을
이용해 엄청난 경제적 번영을 누렸다. 당시 흑인 노예는
흑색 다이아몬드라고 불리며 비싸게 거래되었다.

처음에 유럽인들은 아메리카 대륙의 인디언들을 인간으로 생
각하기를 주저했다. 어떤 탐험가들은 인디언을 '개'라고 부
르기도 했다. 교황이 인디언을 '벌거숭이 야만인'이라고 선언해서
인간이라고 결론을 내린 뒤에도 인디언들은 오랫동안 사람 대접을
받지 못했다.

인디언들은 노예가 되어 안데스산맥의 광산이나 사탕수수 밭에
서 힘겹게 일해야 했다. 인디언 노예들은 형편없는 돈을 받고 하루

종일 끔찍한 노동에 시달렸다. 고통스러운 노동과 유럽인들이 옮긴 병 때문에 인디언들은 하루살이처럼 죽어 갔다. 얼마 지나지 않아 카리브해 지역에서는 인디언들의 모습을 찾아보기가 힘들어졌고, 아메리카 대륙 곳곳에서도 원주민의 수가 급격하게 줄어들었다.

노예로 부릴 수 있는 인디언의 수가 부족해지자 에스파냐와 포르투갈 사람들은 아프리카에서 노예를 데려오기 시작했다. 아프리카 카나리아제도의 사탕수수 농장에서 흑인 노예들에게 강제 노동을 시킨 적이 있었던 에스파냐인들은 아프리카의 흑인들이 인디언들보다 힘든 일을 더 잘 견딜 거라고 생각했다. 이렇게 해서 역사상 가장 잔인하고 거대한 민족 이동이 이루어졌다. 16세기 초 **노예무역**이 시작된 뒤 19세기 말까지, 최소한 1500만 명의 노예가 비인간적인 환경에서 노예 생활을 하다가 목숨을 잃었다.

처음에 유럽인들은 노예제도에 대해 놀랍다는 반응을 보였다. 한 인간이 다른 인간을 소유물로 부리는 것은 과거의 잘못된 관습이라고 생각했기 때문이다. 중세 유럽에서는 고대 로마에 있었던 것 같은 노예제도가 사라진 지 오래였다. 하지만 그것은 유럽의 크리스트교도들이 노예제도에 반대해서라기보다는 노예를 부려서 얻을 수 있는 경제적 가치가 낮았기 때문이었다. 로마 시대에 노예가 하던 일을 중세에는 농노가 대신했다. 농노는 노예처럼 사고팔 수 있는 재산은 아니었지만 영주에게 세금을 바쳤고 필요한 경우

노동력을 징발당하기도 했다. 그러나 중세 유럽에도 노예가 아주 없었던 것은 아니다. 유럽의 노예 상인들은 주로 동부 유럽 출신의 노예들을 거래했고, 비잔틴제국이나 이슬람 국가에서는 노예 매매가 계속 이루어졌다.

고대의 노예들과 달리 근대의 노예들은 거의 아프리카 대륙 출신이었다. 아프리카에서 온 노예들은 검은 피부색 때문에 노예라는 사실을 누구나 쉽게 알아볼 수 있었다. 유럽인들은 1501년부터 아프리카에서 노예를 들여오기 시작했는데, 이것은 7세기 무렵 아랍인들이 아프리카인들을 노예로 끌고 간 뒤 두 번째였다. 7세기경 아랍과 북부 아프리카에서는 노예 매매가 매우 성했다. 바그다드에 있는 이슬람교의 지배자 칼리프의 궁전에는 11,000명의 노예가 일했을 정도였다. 이슬람교의 경전인 쿠란은 노예제도를 금지하지 않았고, 크리스트교의 성경이나 유태인의 탈무드도 마찬가지였다. 신앙심이 깊은 이슬람교도들은 다른 종교를 믿는 사람을 노예로 쓰는 것을 금지했기 때문에 주로 동아프리카나 사하라 사막 너머에 있는 서아프리카에서 노예를 사왔다.

근대 유럽의 노예 상인들은 보통 중앙아프리카에 있는 큰 제국의 왕이나 아랍 상인으로부터 노예를 산 다음 아메리카의 대농장으로 보냈다. 그래서 많은 유럽인들이 노예를 직접 보지 못했다. 에스파냐와 포르투갈은 주로 콩고와 세네갈의 노예 시장에서 노예를 사고팔았는데, 16세기 이후 아프리카 대륙 서해안은 '노예 해

안'이라고 불리기도 했다.

　카리브해 연안에 위치한 서인도제도의 사탕수수 농장이 급속이
확대되고 아메리카 대륙에서 유럽인의 식민지가 확장됨에 따라 흑
인 노예의 수요는 계속 늘어났다. 이에 따라 노예무역의 규모 역시

엄청나게 커졌다.

대서양을 가로지르며 이루어진 노예무역에는 포르투갈, 에스파냐, 네덜란드, 영국, 프랑스에서 온 상인들이 대거 참여하였다. 당시의 상인들이 단순한 상인이었는지, 아니면 해적이었는지는 정확히 밝혀지지 않았다. 하지만 노예무역의 과정은 상상을 초월할 정도로 잔인했다. 노예 사냥꾼들은 남자, 여자, 아이를 가리지 않고 붙잡아 사슬로 묶어 노예 상인에게 넘겼다. 노예를 건네받은 상인들은 화약, 술, 유리구슬, 옷감 등 유럽에서 가져온 물건들로 대가를 지불했다. 노예시장에서 노예를 파는 사람과 사는 사람이 가격에 합의하면 노예를 산 사람은 가축을 다루듯이 노예의 몸에 불도장을 찍어 자기 소유임을 표시한 다음 배에 태워 신대륙으로 보냈다.

배를 타고 신대륙으로 이동하는 동안 노예들은 갑판 아래에서 새우잠을 자야 했다. 노예들은 몸에 벌레가 기어 다니는 것을 막기 위해 벌거벗겨진 채 쇠사슬에 묶여 있었다. 그렇게 짐짝처럼 배에 실려 가던 노예들 가운데 상당수가 병과 영양부족으로 목숨을 잃었다. 역사학자들은 최소한 100만 명의 노예가 배에서 숨졌다고 보고 있다.

아메리카 대륙에 도착한 노예들은 주로 커피 농장이나 사탕수수 농장, 목화 밭에서 일했다. 실수를 하거나 게으름을 피우는 노예에게는 가차 없이 채찍이 날아들었다. 노예에게는 가족을 이루는 것도 허용되지 않았다. 어쩌다 남자 노예와 여자 노예가 같이 살다가 자식을 낳더라도 주인의 명령에 따라 서로 떨어져 지내야만 했다.

열악한 노동 조건에 맞서는 노예들의 폭동이 끊임없이 이어졌지만 매번 무참하게 짓밟혔다. 물론 성공적인 경우도 있었다. 1791년 프랑스의 식민지인 카리브해 연안의 산토도밍고에서는 노예들이 폭동을 일으켜 백인들을 추방하고 독립국가인 아이티를 세웠다. 다른 지역의 흑인들도 노예의 신분에서 벗어나기 위해 힘겨운 투쟁을 계속했다.

18세기 후반부터는 세계적으로 노예제도 폐지 움직임이 일어났다. 1759년, 북아메리카의 식민지 펜실베이니아의 필라델피아에서 개신교의 한 교파인 퀘이커교도들이 노예 상인을 사회적으로 배척하는 운동을 시작했다. 그리고 1777년에 미국의 버몬트주에서 세계 최초로 노예제도가 폐지되었다. 이어 유럽에서도 1802년에 덴마크가 노예제도를 폐지했다. 1808년 1월 1일, 영국도 노예제도를 폐지했다. 1860년 미국에서는 이미 노예제도를 폐지한 북부와 노예제도의 유지를 주장하는 남부 사이에 남북 전쟁이 벌어졌다. 1865년까지 계속된 전쟁에서 북부가 승리함으로써 미국 전역에서 노예제도가 완전히 폐지되었다.

노예제도는 그야말로 아프리카 대륙에 닥친 재앙이었다. 노예제도가 과연 노예를 부리던 나라의 경제에 도움이 되었는지에 대해서는 여러 학자들이 서로 다른 의견을 내놓았다. 세계적인 경제학자 애덤 스미스는 경제적인 면에서 노예제도는 점점 그 의미를 잃게 되었을 거라고 주장했다. 신분이 자유로운 농부나 노동자들이 노예보다 더 오래, 더 열심히 일하려고 노력하기 때문이다.

그러나 식민지 노예제도와 노예무역이 당시 유럽 경제에 영향을 미쳤던 것은 사실이다. 값싼 흑인 노예의 노동력을 이용해 유럽 각국은 경제적 번영을 누렸으며, 흑인 노예는 흑색 다이아몬드라고 불리며 활발히 거래되었다. 노벨 경제학상을 받은 미국의 경제학자 로버트 포겔(1926년~2013년)은 노예제도가 비인간적인 생산 방법이기는 하지만 당시 상황에서는 경제적으로 효율적이었다고 주장해 큰 충격을 주었다. 그는 객관적인 통계 자료를 통해 남북전쟁이 일어나기 직전인 1860년에 미국 남부 노예들의 생산력이 자유로운 농부들의 생산력보다 28퍼센트나 높았다고 주장했다.

하지만 노예제도는 경제성을 따지기 이전에 인간이 인간으로서의 존엄을 지키기 위해 마땅히 없애야 할 악행이었다. 오늘날 노예제도는 전 세계에서 공식적으로 금지되어 있다. 그러나 지금도 몇몇 나라에는 노예처럼 일하며 노동에 대한 대가도 제대로 받지 못하는 노동자들이 많이 있다.

신용만으로
돈을 빌릴 수 있을까?

이탈리아의 환전상들은 처음으로 어음을 돈처럼 사용했다. 베네치아 상인들은 어음을 쓰고 환전상에게 돈을 빌려 장사를 해 이익이 나면 어음에 적힌 금액을 갚았다.

신 대륙에서 가져온 금은 에스파냐에 엄청난 부를 안겨주었다. 에스파냐의 페르난도 왕과 이사벨 여왕은 에스파냐가 부유하고 강하다는 것을 과시하기 위해 신대륙에서 배로 처음 실어 온 금을 교황에게 보냈다. 또 1497년에는 그때까지 사용하던 돈을 전부 없애고 새 돈을 만들었다. 새로운 돈은 베네치아 금화보다 두 배나 가치가 높아서 '두블론'이라고 불렀다.

아메리카 대륙에서 가져온 금과 은은 에스파냐에 많은 변화를 가져왔다. 그러나 그 변화가 모두 좋은 것만은 아니었다. 에스파냐 왕은 엄청난 부자가 되었지만 나라 경제는 매우 위험한 상태였다. 막대한 양의 금과 은이 들어와 시장에는 많은 돈이 돌았지만 그 돈으로 살 수 있는 물건의 양은 그대로였기 때문에 물가가 크게 올랐다. 가난한 에스파냐 국민들은 꼭 필요한 물건조차 구하지 못했다. 돈이 많은 부자들은 외국에서 물건을 사왔다. 덕분에 유럽의 다른 나라들은 에스파냐로부터 들어온 금과 은의 힘으로 경제 규모를 빠르게 키워갔다.

신대륙 발견 이후 가격혁명과 상업혁명을 겪으면서 유럽에서는 화폐가 발전했다. 1252년부터 금화를 다시 찍어 화폐로 쓰던 중이었다. 금은 주로 독일 슈바르츠발트산맥의 하르츠 산지에서 캤다. 독일에서는 굴덴 금화가 널리 사용되었는데 금화와 함께 탈러라는 은화도 많이 쓰였다. 여기에 16세기부터 에스파냐인들이 아메리카 대륙에서 금을 약탈해 오면서 유럽인들이 사용하는 돈의 양은 과거의 수십 배가 되었다.

돈의 양이 아주 적었던 사회에 갑자기 쏟아져 들어온 돈은 나라 안의 물건들을 이쪽저쪽으로 옮겨주는 액체 같았다. 오늘날 현금을 많이 가지고 있는 사람에 대해 **유동성이 좋다**라는 말을 쓰는 것은 이 때문이다. 돈의 양이 늘어나자 돈을 빌리기도 훨씬 쉬워졌다. 돈을 빌린 사람이 갚아야 할 이자가 싸졌기 때문이다.

돈이 많아지자 사람들은 돈으로 할 수 있는 새로운 일들을 생각해냈다. 그동안은 불가능했던 일들이 이제는 돈만 있으면 무엇이든 할 수 있었다. 왕과 황제와 귀족들의 사치는 점점 더 심해졌다. 르네상스 시대에 이탈리아와 네덜란드, 독일에 세워진 성이나 관청, 저택을 보면 귀족들이 얼마나 사치스러운 생활을 했는지 잘 알 수 있다.

보통 사람들의 생활에도 변화가 나타났다. 돈이 있는 사람들은 비싼 옷을 사 입었으며, 부유한 가정에서는 식탁보로 식탁을 덮고 냅킨을 사용하는 습관이 자연스러워졌다.

영주들이 전쟁을 할 때 돈을 주고 군인을 모으면서 용병의 시대가 시작되었다. 돈을 쓰는 데 익숙해진 영주들은 점점 더 많은 돈을 필요로 했다. 전쟁에서 이기려면 적보다 더 많은 군인과 무기가 있어야 했기 때문에 많은 영주들이 돈을 빌려 전쟁 준비를 했다. 돈을 빌린 사람은 이자를 지불해야 했고, 전쟁에 질 경우를 대비해 귀중한 재산을 담보로 잡혔다. 빚을 갚지 못하면 돈을 빌려준 채권자는 담보에 대한 권리를 빼앗아갔다. 돈을 빌려주면 가지게 되는 권리인 '채권'은 커다란 힘을 행사할 수 있는 도구가 되었다.

사실 돈을 빌려주고 빌려 쓰는 일은 이미 수백 년 전부터 있었다. 흉년이 들면 농부는 먹을 음식과 농사를 지을 씨앗을 사기 위해 돈을 빌려야만 했다. 때로는 왕에게 바칠 세금을 내기 위해 돈을 빌리는 경우도 있었다. 이렇게 빌린 돈은 대개 이자가 너무 높아서 도저히 갚지 못할 만큼 빚이 늘어나곤 했다. 빚을 갚지 못한 사람은 하인이 되기도 하고 노예로 팔려 가기도 했다. 이 때문에 성직자와 철학자들은 이자를 받는 것을 금지해야 한다고 주장했다. 성경에도 "너희 가운데 누가 어렵게 사는 나의 백성에게 돈을 꾸어 주게 되거든 그에게 빚쟁이 행세를 하거나 이자를 받지 말라."라고 쓰여 있다. 중세에 돈을 빌려주고 이자를 받는 사람은 고리대금업자 취급을 받으며 손가락질당했다.

돈을 빌려주는 일을 처음으로 직업으로 삼은 사람들은 이탈리아 북부의 **환전상**이었다. 환전상들은 시장에 탁자와 벤치를 세워 놓고 돈을 바꿔주는 장사를 했다. 그래서 사람들은 환전상을 '벤치에 앉아 있는 사람'이라는 뜻에서 '방케리'라고 불렀다. 은행이라는 뜻을 가진 독일어 '방크'는 이탈리아어 '방케리'에서 나온 것이다. 방케리가 돈을 바꿔 주지 않으면 화가 난 사람들이 몰려가서 방케리가 앉아 있던 벤치를 망가뜨렸다. 그래서 '부서진 벤치'라는 의미의 이탈리아어 '방카 로타'는 파산을 뜻했다.

중세 이탈리아의 환전상들에게서 가장 주목할 만한 점은 아랍 상인들이 발명한 **어음**을 들여온 것이다. 당시 환전상들과 상인들이 어음을 거래하는 과정은 다음과 같았다. 어떤 상인이 베네치아에서 100두카덴을 환전상에게 주면, 환전상은 100두카덴을 돌려주겠다고 약속하는 어음을 써준다. 상인은 그 어음 증서를 가지고 다른 도시로 가서 그 도시의 환전상에게 어음 증서를 주고 그 도시에서 사용하는 돈을 100두카덴만큼 받아 장사를 했다.

어음 제도는 빠르게 발전해 나중에는 미리 돈을 지불하지 않고 도 신용만으로 어음을 쓰고 돈을 빌릴 수 있게 되었다. 돈을 빌린 상인이 사업을 잘해서 이익을 얻으면 빚을 갚을 거라는 믿음을 바 탕으로 어음을 써주고 거래를 하게 된 것이다. 베네치아 상인들은 어음을 쓰고 돈을 빌려 먼 곳까지 가서 장사를 해 얻은 이익으로 어음에 적힌 금액을 지불했다. 처음에 어음을 발행한 사람에게 직접 돈을 주는 대신 거래처에 그 어음을 넘길 수도 있게 되었다. 이런 식으로 어음은 돈과 함께 지불 수단의 하나로 자리를 잡았다.

왕위를 흔든
유럽 최고의 자본가

16세기 푸거 가문은 은행 사업을 통해 경제적, 정치적으로 엄청난 힘을 가졌다. 야콥 푸거 2세는 돈의 힘으로 두 명의 황제를 신성 로마제국의 왕위에 올리기도 했다.

신용이 얼마나 큰 위험인 동시에 기회인지는 독일 아우크스부르크의 유명한 상인 집안인 푸거 가문을 보면 알 수 있다.

푸거가의 역사는 1367년으로 거슬러 올라간다. 가난한 농부의 아들이었던 한스 푸거는 방직공의 제자가 되기 위해 슈바벤에서 아우크스부르크로 나왔다. 슈바벤에 살던 다른 농부들처럼 한스 푸거의 집에서도 아마를 길러 베틀로 옷감을 짰다. 한스 푸거도 어머니가 하는 것을 곁에서 보고 배워서 베틀을 잘 다루었다.

아우크스부르크에서 방직공의 딸과 결혼한 한스 푸거는 실을 뽑아 천을 짤 때 작은 변화를 시도해 큰 성공을 거두었다. 베틀에 마와 함께 목화솜을 넣어 옷감을 짜자 마로만 짠 것보다 훨씬 더 부드럽고 고운 '베르칸트'라는 옷감이 만들어졌다. 원래 그런 옷감은 이탈리아에서만 생산되었는데 이제는 아우크스부르크에서도 똑같은 옷감을 만들 수 있게 되었다.

한스 푸거의 사업은 점점 번창했다. 그는 옷감을 아우크스부르크에서 멀리 떨어진 곳까지 내다 팔았다. 목화는 별로 까다로운 식물이 아니어서 어디에서나 잘 자랐고 돈만 있으면 얼마든지 구할 수 있었다. 장사 수완이 좋았던 한스 푸거는 이 사업으로 많은 돈을 벌어들였다.

여윳돈이 생기자 한스 푸거는 다른 상인들로부터 물건을 사서 되파는 일을 시작했다. 아우크스부르크는 중개무역을 하기에 아주 좋은 곳이었다. 베네치아에서 파리로 갈 때나 빈에서 스트라스부르로 갈 때 반드시 지나야 하는 길목에 있었던 것이다. 곧 한스 푸거는 아우크스부르크에서 가장 큰 부자가 되었다.

한스 푸거의 아들 야콥 푸거는 무역 회사를 열어 유럽 곳곳에 지점을 냈다. 러시아의 노브고로트, 에스파냐의 세비야, 영국 런던, 이탈리아의 나폴리에 이르기까지 푸거가의 회사가 없는 곳이 없었다.

야콥 푸거의 아들 야콥 푸거 2세에 이르러 푸거가는 유럽에서 경제적으로뿐만 아니라 정치적으로도 엄청난 힘을 가지게 되었다. 야콥 푸거 2세는 은행 사업을 키웠고, 돈은 저절로 불어나 그를 큰 자본가로 만들었다.

야콥 푸거 2세는 열아홉 살 때부터 푸거가에서 일하기 시작했다. 야콥 푸거 2세의 아버지는 그를 베네치아로 보내 공부시켰다. 베네치아는 당시 지중해 지역에서 가장 돈이 많고 영향력 있는 사람들이 모이는 곳이었다. 베네치아에는 독일 사업가들을 위한 건물인 폰다코 데이 테데스키가 있었다. 그곳에는 물건을 쌓아둘 수 있는 창고와 침실, 회계 정리를 해주는 사람이 있었으며 다른 독일 사람들을 만날 기회가 있었다. 하지만 야콥 푸거 2세는 독일 사람들보다 이탈리아 사람들에게 더 관심이 많았다. 이탈리아 사람들은 독일 사람들보다 아는 것이 많았고 일 처리도 능숙했다. 특히 그는 베네치아에서 은행이 어떻게 운영되는지를 유심히 관찰했다.

스물여섯 살이 된 야콥 푸거 2세는 티롤주의 인스부르크로 갔다. 당시 인스부르크의 영주는 지그문트 폰 합스부르크였다. 지그문트 영주는 베네치아와 스위스를 상대로 전쟁을 벌이고 호화로운 건물들을 마구 지은 데다 여러 아내 사이에서 자식을 마흔 명이나 두어 늘 돈에 쪼들렸다. 인스부르크에서 멀지 않은 카르벤델산맥의 티롤 은광에서 캐낸 은으로 엄청난 양의 동전을 만들었지만, 늘 돈을 써야 할 곳이 너무 많아 고민이었다.

야콥 푸거 2세는 지그문트 영주의 약점을 철저하게 이용했다.

야콥 푸거 2세는 장사로 벌어들인 돈을 자신의 은행에 맡긴 다음 은행을 통해 지그문트 영주에게 돈을 빌려주고 티롤에 있는 은광을 담보로 잡았다. 세월이 흘러 지그문트 영주가 빚을 갚지 못하자 은광은 야콥 푸거 2세의 손에 넘어왔다. 결국 지그문트 영주는 사촌인 막시밀리안 1세에게 티롤주를 넘기고 떠나야 했다.

야콥 푸거 2세와 막시밀리안 1세는 1489년, 프랑크푸르트에서 열린 신성 로마제국 의회에서 처음 만났다. 당시 막시밀리안 1세는 티롤주를 사들인데다 전쟁을 치르는 바람에 많은 돈이 필요했다. 1487년부터 1494년까지 야콥 푸거 2세는 막시밀리안 1세에게 62만 굴덴을 빌려주었다. 당시의 경제 규모로 볼 때 이것은 엄청난 액수였다. 당시 야콥 푸거 2세와 그의 형제들이 가진 재산이 공식적으로 5만 굴덴을 약간 넘었다는 사실을 생각하면 얼마나 큰 액수인지 짐작할 수 있을 것이다.

1504년에 막시밀리안 1세는 오스트리아와 헝가리 왕가 사이에 두 쌍의 결혼을 성사시켜 합스부르크가를 유럽에서 가장 막강한 명문가로 만들려고 했다. 이 결혼이 성사되려면 엄청난 돈이 필요했는데, 합스부르크가에 현금을 대주고 결혼을 가능하게 한 사람이 바로 야콥 푸거 2세였다. 뿐만 아니라 야콥 푸거 2세는 1508년, 총 20만 9000굴덴을 들여 막시밀리안 1세에게 신성 로마제국의 황제의 왕관을 씌어주기도 했다.

야콥 푸거 2세가 막시밀리안 1세에게 그렇게 큰돈을 빌려주고

심지어는 그를 황제의 자리에까지 올릴 수 있었던 것은 모두 푸거 가에서 운영한 은행 덕분이었다. 그는 은행을 통해 자기 돈뿐 아니라 다른 사람들의 돈도 막시밀리안 1세에게 빌려주었다.

푸거가의 은행에 돈을 맡긴 사람들 중에는 자신의 재산에 대해 비밀로 하려는 사람들이 많았다. 그들 가운데 한 사람인 티롤주의 주교는 개인적인 재산을 모으는 것이 금지되어 있는 성직자였음에도 어마어마한 재산을 야콥 푸거 2세의 은행에 맡겼다. 야콥 푸거 2세와 주교의 거래는 극히 비밀스럽게 이루어졌다. 야콥 푸거 2세

는 많은 돈을 필요로 하는 사람들을 만나는 한편 자기 재산을 숨기고 싶어 하는 사람들도 만났다. 그가 유럽에서 맺고 있었던 광범위한 인간관계는 양측 모두에게 큰 도움이 되었다. 티롤주의 주교처럼 자신의 재산을 숨기고 싶어 하는 고객들은 갑자기 돈을 찾아갈 걱정이 없었으므로 야콥 푸거 2세에게도 유리했다. 갑자기 큰돈이 필요한 귀족과 상인들은 푸거가의 은행을 통해 그런 부자들의 돈을 장기간 이용할 수 있었다.

이런 은행 사업을 통해 야콥 푸거 2세는 엄청난 힘을 가지게 되었다. 야콥 푸거 2세는 막시밀리안 1세의 황제 즉위에 필요한 경비를 대주고 그 대가로 키르쉬베르크 백작령과 바이센보른 영지를 받았다. 돈으로 맺어진 푸거가와 합스부르크가의 인연은 이후에도 계속되었다. 야콥 푸거 2세는 막시밀리안 1세가 베네치아와 전쟁을 치를 때도 평화 협정을 맺게 도와주고 양측에서 돈을 벌어들였다. 막시밀리안 1세가 죽은 뒤에는 막시밀리안 1세의 손자인 카를 5세가 신성 로마제국의 황제가 되도록 도와주었다. 1519년에 야콥 푸거 2세는 85만 2000굴덴이라는 큰돈을 들여 황제 선거에 투표권이 있는 대주교와 기사들, 외교관들을 매수해 카를 5세가 황제로 당선되게 했다.

막시밀리안 1세와 카를 5세는 푸거가의 도움 없이는 결코 황제의 왕관을 손에 넣을 수 없었을 것이다. 푸거가 역시 막시밀리안 1세와 카를 5세의 황제 즉위 이후 여러 가지 이권을 손에 넣어 더 많은 이윤을 남겼다. 그러나 1525년 야콥 푸거 2세의 죽음 이후 푸거가는 쇠락하기 시작했으며 푸거가와 합스부르크가의 관계에도 변화가 왔다.

카를 5세는 숫자 계산에 어두운 사람이었고 그의 후손들은 더 심했다. 페르디난트 1세와 필리프 2세는 그때까지 왕실이 해왔던 역할을 푸거가에 해주지 못했다. 푸거가는 합스부르크가에 쓴 돈을 거두어들이지 못하고 있었다.

1557년과 1575년에는 에스파냐 왕실이 국고가 완전히 비었음을 밝히고 파산을 선언했다. 에스파냐 왕실이 빌린 돈을 갚을 능력이 없음을 세상에 알린 것이다. 에스파냐에는 아메리카 대륙의 식민지에서 정기적으로 엄청난 양의 금과 은이 들어왔지만 국고는 늘 텅 비어 있었다. 전쟁과 사치에 대한 욕구가 너무 컸기 때문이었다. 에스파냐 왕실에 많은 돈을 빌려 주었던 푸거가는 엄청난 재산을 잃었다.

17세기 중반까지 푸거가가 합스부르크가와의 거래에서 손해를 본 금액은 800만 굴덴이나 되었고, 에스파냐 왕실과의 거래에서도 400만 두카텐을 잃었다. 야콥 푸거 2세의 조카 안톤 푸거와 그의 아들 마쿠스 푸거는 황제와 거래를 해서 돈을 벌 수 있는 시기가 끝났다고 결론을 내렸다. 그들은 돈을 안정성이 높은 토지에 투자했고, 이후 푸거가는 수백 년간 아우크스부르크에서 대지주로 영향력을 행사했지만 사업가로서는 더 이상 활동하지 않았다.

푸거가는 자신들의 이익을 위한 일에는 철저하게 이기적이었다. 신용을 막강한 도구로 사업을 키웠지만, 합스부르크가와 같은 권력에 기대 이권을 누리기도 했다. 사업에 도움이 되지 않는 개혁과 종교의 자유를 강하게 반대해서 종교 개혁가인 마틴 루터와 울리히 츠빙글리로부터 많은 비난을 받았다. 그러나 야콥 푸거 2세는 역사상 최초로 사회 빈곤층을 위한 주택을 세우기도 했다. '푸거라이'라고 불리는 이 건물은 지금도 아우크스부르크에 남아있다.

네덜란드를 휩쓴
튤립 투기 소동

주식으로 큰돈을 번 사람들은 다른 물건에서도 시장 상황에 따른 가격 변동을 노려 돈을 벌려고 했다. 튤립처럼 전혀 돈이 될 것 같지 않은 물건도 투기의 대상이 되었다.

요즘에는 세계 어디에서나 전화, 팩스, 전자우편으로 물건을 사고팔 수 있지만 중세와 르네상스 시대에는 지금과는 상황이 많이 달랐다. 당시에는 도로 사정이 좋지 않았고 통신수단도 발달하지 않았기 때문에 상인들은 물건을 사고팔기 위해 정해진 장소에서 정기적으로 만나야 했다. 농부나 수공업자들이 시장에 모여 물건을 사고판 것처럼 상인들은 크리스트교 축제 기간 동안 큰 도시에서 열리는 **박람회**를 통해 만났다. 라이프치히와 프랑크푸르트, 뉘른베르크 박람회는 특히 유명했다.

13~14세기에 플랑드르 지방의 브뤼헤는 교역의 중심지로 이름이 높았다. 브뤼헤에는 박람회에 참가하려는 상인들을 위한 '뵈르제'라는 숙박 시설이 있었는데, 상인들은 뵈르제 숙박소에서 만나 새로운 물건이 나왔는지, 어떤 상인이 신용이 좋은지 등에 관한 정보를 교환했다. 그래서 새로 사업을 시작하는 사람들은 일부러 뵈르제 숙박소를 찾아오기도 했다. 뵈르제 숙박소는 점점 오늘날의 거래소 같은 역할을 하게 되었다. 그러다가 1531년에 벨기에의 안트베르펜에 모든 나라의 상인들이 한자리에 모이는 **증권거래소**가 처음으로 문을 열었다.

상인들은 증권거래소에 팔 물건을 직접 가져오는 것이 아니라 물건에 대한 증명서를 가지고 나왔다. 물건을 일일이 가지고 다니면 불편할 뿐 아니라 운송료도 비쌌기 때문이다. 서류로만 거래를 하면 물건을 직접 주고받는 것보다 훨씬 안전하고 편리했다. 그래서 증권거래소에서는 실제로 손에 잡히는 물건들보다 어음처럼 사고파는 상품이 될 수 있는 서류들을 주로 다루었다.

증권거래소에 모인 사람들은 위험한 항해에 투자를 하기도 했다. 많은 상인들이 지중해나 아프리카의 해안까지 가는 장거리 항해에 돈을 투자했다. 그렇게 건 돈에 대한 증명서는 다른 사람에게 되팔 수도 있었다. 항해의 위험 부담을 줄이기 위해 다른 사람들과 돈을 모아 공동소유로 배를 사는 사람들도 있었다.

사실 배를 사서 아프리카나 아시아까지 보낼 때 상인들이 감수해야 할 위험은 상당히 컸다. 코르넬리우스 하우트만은 네덜란드 사람 중에서 처음으로 지금의 인도네시아까지 갔다가 돌아왔는데, 네덜란드를 떠날 때 249명이었던 선원이 돌아올 때는 고작 89명뿐이었다. 그런데도 그의 항해는 성공적이라는 평가를 받았다. 이렇게 위험 부담이 크기는 했지만 일단 배가 아시아나 아프리카에서 무사히 돌아오기만 하면 투자에 참여한 사람들은 큰 이익을 보았다. 또 여러 사람이 함께 투자하면 배가 침몰하거나 해적의 공격을 받더라도 각자가 감당해야 할 손해는 그렇게 크지 않았다.

배에 투자한 사람들 중에는 배가 돌아올 때까지 기다리는 게 불안해서 자기 몫을 미리 파는 사람들도 있었다. 이런 경우는 투자한 사람이 투자의 성공을 의심하고 있다고 인정하는 것이기 때문에 배가 돌아오면 받기로 한 것보다 적은 금액을 받고 팔았다. 그러나 일단 자기 몫을 팔면 항해가 실패했을 때 더는 손해를 보지 않아도 되었다. 사는 사람도 그런 위험을 알고 있었다. 또 다행히 배가 무사히 돌아오면 큰 이익을 얻을 수도 있었다.

그래서 배에 돈을 투자한 사람들은 앞으로 닥칠 위험 요소가 무엇이고, 얼마만큼의 수익을 올릴 수 있을지에 대해 미리 알아내려고 늘 애를 썼다. 미래를 예측하면서 투자를 하는 것이다. 이때 가장 중요한 것은 투자 대상을 얼마나 믿을 수 있느냐는 것이었다. 투자를 받는 사람과 투자를 하는 사람 간의 신뢰는 투자를 받은 사람이 책임을 다할 것이라는 믿음에 기초했다. 나라에서도 의무를 충실히 수행하지 않는 사람을 처벌함으로써 투자에 안전장치를 했다.

1602년에 네덜란드 사람들은 배에 돈을 투자하는 방식을 혁명적으로 바꾸었다. 여러 상인들이 함께 투자해 배를 사고 물건을 실어 동양으로 보낸 것까지는 이전과 같았다. 그런데 배가 돌아온 다음에도 전처럼 이익을 분배하고 뿔뿔이 흩어지지 않고 '동인도회사'라는 회사를 만들었다. 동인도회사는 회사의 자본을 구성하는 **주식**을 발행해 여러 사람으로부터 자본을 조달받았다. 자본과 경영이 분리된 최초의 **주식회사**가 만들어진 것이다. 네덜란드 성부는 네덜란드에서 인도까지 항해할 권리를 동인도회사의 독점권으로 인정했다. 회사 설립에 들어간 돈 650만 굴덴은 네덜란드의 여러 도시에서 모였는데, 그중 절반은 암스테르담 사람들이 낸 돈이었다. 동인도회사에 투자한 사람들의 주식은 암스테르담의 증권회사에서 관리했다.

주식을 발행함으로써 네덜란드 정부는 해외 식민지 개발의 위험 부담을 동인도회사에 투자한 주주들에게 미룰 수 있었다. 한편 혼자 힘으로는 배를 살 수 없었던 투자자들은 주식을 통해 선박 항해로 벌어들이는 이익금의 일부를 가질 수 있게 되었다.

푸거가의 은행이 그랬던 것처럼 증권거래소도 자본이 필요한 사람과 자본을 가지고 있는 사람을 한자리에서 만나게 해주었다.

게다가 여러 명의 투자자에게 위험 부담이 나뉘었기 때문에 훨씬 더 안전했다. 주식의 발명으로 사람들은 더 쉽게 사업을 시작할 수 있었다.

주식의 가격을 **주가**라고 하는데, 당시 주가는 지금으로서는 믿기 어려울 정도로 변동이 심했다. 1604년에 동인도회사의 첫 배가 닻을 올렸을 때 주가는 처음 발행 때보다 3분의 1배 정도 더 비싸졌다. 그러나 배가 침몰했다거나 해적의 공격을 받았다는 소문이 돌면 주가는 하루아침에 곤두박질쳤다. 동인도회사가 생긴 지 100년쯤 지난 후, 경기가 한참 좋을 때는 주가가 열 배로 뛰기도 했다. 주가의 변동을 잘 살펴서 주가가 급격히 떨어졌을 때 주식을 사서 값이 올랐을 때 되팔면 엄청난 돈을 벌 수 있었다.

주식으로 상상을 초월할 정도의 이익을 얻게 되자 네덜란드 사람들은 다른 물건에서도 시장 상황에 따른 가격 변동을 예상해 돈을 벌려고 했다. 우스꽝스럽게도 사람들은 도저히 돈벌이가 될 것 같지 않는 물건에도 큰돈을 투자했다. 대표적인 것이 튤립 뿌리이다.

튤립은 16세기에 콘스탄티노플을 통해 유럽에 처음 소개되었다. 꽃잎이 터번처럼 생겼다고 해서 튀르키예에서는 이 꽃을 터번이라는 뜻의 '툴리반드'라고 불렀다. 유럽인들은 튤립을 이국적이고 비싼 꽃이라고 생각해서 앞다투어 정원에 튤립을 심었다. 튤립은 점점 부의 상징이 되어 많은 사람들이 무리를 해서라도 튤립을 사고 싶어 했다. 그즈음 주식으로 사람들의 살림이 넉넉해지자 튤립에 대한 수요가 계속 증가할 거라고 생각하는 사람들이 나타났다. 그들은 지금 튤립 뿌리를 사두었다가 나중에 튤립값이 올랐을 때 되팔면 큰돈을 벌 수 있을 거라고 생각했다. 사려는 사람이 많아지자 튤립 뿌리의 가격이 천정부지로 치솟기 시작했다.

주식과 달리 튤립 뿌리는 눈으로 볼 수 있는 물건이어서 귀족이나 상인뿐만 아니라 수공업자, 농부, 하인 들까지 모두 투기 열풍에 휩싸였다. 증권거래소에서는 튤립 증권이 거래되었고, 온 국민이 손가락 하나 까딱하지 않고 부자가 되기를 기대했다. 가격이 최고점에 이르렀을 때는 튤립 뿌리 하나가 2500굴덴이나 했다. 그 돈이면 호밀 두 수레, 살진 황소 네 마리, 큰 돼지 네 마리, 양 열두 마리, 맥주 네 통, 포도주 두 통, 치즈 1000파운드, 침대, 은으로 만든 잔과 양복을 살 수 있었다.

이런 튤립 열풍은 3년이나 계속되었다. 그러다가 1637년 어느 날, 몇몇 사람들이 생각처럼 높은 값에 튤립 뿌리를 팔 수 없음을 깨달았다. 기겁을 한 사람들은 가장 유리한 가격에 자기가 가진 튤립 뿌리를 모두 팔아 치웠다. 그제야 사람들은 튤립 뿌리가 정원에 심는 용도 말고는 전혀 쓸모가 없다는 것을 이해했다. 많은 사람들이 엄청난 혼란에 빠져들었다. 팔려고 하는 사람은 많은데 사려는 사람은 없어 튤립 뿌리의 가격은 하루가 다르게 떨어졌다. 특히 나중에 돈을 벌면 이자를 갚을 수 있다는 생각에 빚을 얻어 튤립 뿌

리를 산 사람들의 피해는 이만저만 큰 게 아니었다. 많은 사람들이 재산을 잃고 파산했다.

　역사 속에서 투기 열풍은 늘 이와 비슷한 과정을 거치며 진행된다. 처음에 누군가 획기적인 아이디어를 내면 많은 사람들이 열광적으로 참여하고 뒤이어 더 많은 사람들이 돈을 벌기 위해 끼어든다. 그러나 비누 거품이 사라지듯 열기가 식으면 시장은 혼란에 빠지고 사람들은 파산하고 만다.

수출은 좋고
수입은 나쁘다?

루이 14세의 재무 장관 콜베르는 수입을 억제하고 수출을 늘려서 국내 산업을 보호하려고 했다. 하지만 이런 보호주의 무역은 다른 나라와의 교류를 어렵게 만들었다.

뛰어난 사업가였던 푸거가 사람들은 뼈저린 경험을 통해 왕에게 돈을 빌려주는 일이 얼마나 위험한지를 깨달았다. 왕들은 항상 자기가 가진 것보다 더 많은 돈을 쓰려고 했다. 전쟁 비용과 체면 유지 등 비생산적인 이유들 때문에 많은 돈을 낭비했다. 그러면 왕에게 돈을 빌려준 기업이나 상인들은 돈을 돌려받지 못하게 되므로 둘 사이에는 긴장 관계가 형성된다. 둘 다 서로를 필요로 하면서도 의심했다.

국가와 기업 사이의 긴장을 해결하는 방법 중 하나가 네덜란드에서 나왔다. 네덜란드 정부는 동인도회사의 사업에 개입하지 않았고, 기업이 성장할 수 있도록 식민지에 군대를 보내 보호해주었다. 국가가 그렇게 한발 물러선 것은 네덜란드의 역사적 경험 때문이었다. 네덜란드인들은 에스파냐 왕의 정치, 종교, 경제적 억압에 힘겹게 맞서 싸워 자유를 되찾았다. 그런 경험 때문에 네덜란드인들은 정부가 경제와 사회에 지나친 영향력을 행사하는 것을 좋아하지 않았다.

프랑스는 네덜란드와 전혀 다른 방법을 택했다. 프랑스에서는 '나라에 돈을 적게 바친 사람은 다른 것이라도 더 내야 한다'는 주장이 철칙으로 받아들여졌다. 17세기에 프랑스는 '절대왕정'을 이루고, 국왕의 권력은 신으로부터 받은 것이므로 누구도 왕에게 대항할 수 없다는 '왕권신수설'을 제창했다.

프랑스 왕은 귀족 세력을 누르고 왕권을 강화한 후, 1618년부터 1648년까지 독일 땅에서 벌어진 30년 전쟁에 끼어들었다. 겉으로 보기에 30년 전쟁은 프로테스탄트와 가톨릭 간에 벌어진 종교 전쟁이었지만, 프랑스는 이 전쟁으로 신성 로마제국의 힘이 약화된 틈을 타 유럽의 새로운 맹주 자리에 오르려는 속셈이었다. 결국 프랑스는 30년 전쟁으로 독일과의 경계에 있는 알자스 지방을 차지하며 국력을 키웠고, 30년 전쟁이 끝날 무렵 왕위에 오른 프랑스의 루이 14세는 유럽의 대표적인 절대주의 국왕이 되었다. 그의 화려

한 베르사유 궁전은 유럽에 새로 짓는 많은 성의 본보기가 되었다. 루이 14세는 '짐이 곧 국가다'라는 유명한 말로 국가와 자신이 하나임을 강조했다. 그에게 왕의 재산을 늘리는 것은 나라가 마땅히 해야 할 일이었다.

루이 14세의 온갖 사치스러운 생활에 필요한 비용은 농민이 바치는 세금이나 은행에서 빌리는 돈으로도 부족했다. 루이 14세는 더 많은 세금이 필요했다. 그러나 농민들은 이미 나라에 너무 많은 세금을 바치고 있어서 하루하루 끼니를 잇기도 어려운 형편이었다. 당시 프랑스에서는 지나친 세금에 항거하는 농민 봉기가 자주 일어났다.

루이 14세의 신하들은 백성들이 굶주림에 허덕이는 일을 막고 세금을 잘 내게 하기 위해 국가적인 **경제정책**을 세웠다. 그때까지 국가는 전쟁이나 나라 안의 질서, 국민의 안전에만 관심을 가졌는데 이제는 경제 발전을 위한 방법을 찾기 시작한 것이다. 그러나 이런 변화는 백성을 더 잘 보살피기 위해서가 아니라 왕의 사치스러운 생활을 유지하는 데 필요한 비용을 대기 위해서였다. 어쨌든 국가의 경제정책은 프랑스의 경제 발전에 큰 도움이 되었다.

루이 14세는 똑똑한 신하들의 도움을 받아 국가 경제를 부강하게 만드는 정책을 계획적으로 펼쳐 나갔다. 이 정책을 후세 사람들은 **중상주의**라고 불렀다. 중상주의는 수입을 억제하고 수출을 늘려서 국내 산업을 보호하는 한편, 원료를 구하고 국내 제품을 수출하기 위해 식민지 개척에 힘쓴 정책을 말한다.

가장 유명한 중상주의자이자 루이 14세의 재무 장관이었던 장 바티스트 콜베르(1619년~1683년)는 국가를 '최대의 이익을 내기 위해 노력하는 큰 기업'이라고 보았다. 그는 국민들이 세금 부담 없이 자기 일에 최선을 다할 때 나라도 잘된다고 생각해서 프랑스의 경제 발전을 위해 여러 가지 정책을 실시했다.

우선 콜베르는 인구 증가 정책을 폈다. 국민이 많으면 세금을 더 많이 거둘 수 있다고 생각했기 때문이다. 자식이 열 명 이상인 가족의 가장에게는 세금을 납부할 의무를 면제해주었다. 단, 자식들 가운데 어느 누구도 수녀나 신부가 되어서는 안 되었다.

콜베르는 상품을 운반하는 데 드는 비용을 줄이기 위해 곳곳의 검문소를 없애고, 프랑스 남부에 지중해와 대서양을 연결하는 미디운하를 만들었다. 또 큰 공장을 세워 수백 명이 중앙 본부의 지휘를 받으며 공장에서 일하도록 했다. 공장에서는 사람들이 일을 분담했기 때문에 혼자 일할 때보다 훨씬 더 빠르게 많은 물건을 만들어 냈다.

콜베르는 공장에서 만드는 상품의 품질을 엄격하게 관리했다. 그가 재무 장관으로 일하면서 남긴 많은 업적 가운데 하나가 프랑스를 유럽에서 사치품 생산에 있어서는 아무도 따라올 수 없도록 만든 것이다. 양탄자, 가구, 실크, 고급 의상들은 모두 프랑스에서 만든 것을 최고로 쳤다. 유럽의 다른 나라들도 프랑스를 본받아 국

가가 나서서 곳곳에 공장을 세우고 경제 발전을 이끌었다. 그러나 콜베르는 경제에 대한 규제를 너무 강화해 새로운 발전을 어렵게 하기도 했다. 그 때문에 프랑스 경제는 20세기까지도 국가의 결정에 지나치게 의존하는 모습을 보였다.

콜베르의 주도면밀한 경제 계획은 다른 나라와의 교역에도 적용되었다. 그는 각 나라가 기업처럼 소득과 지출을 통해 외국과 관계를 맺고 있다고 보았다. 국민들이 물건을 만들어 외국에 내다 파는 것은 **수출**이고, 돈을 내고 외국에서 물건을 사들이는 것은 **수입**이다. 국가의 수입과 수출은 기업의 대차대조표처럼 무역수지를 통해 관리되었다. **무역수지**는 물질적인 상품의 수출과 수입의 금액 차이를 말한다. 무역수지가 흑자라는 말은 수입보다 수출을 더 많이 했다는 뜻이다. **무역외수지**는 그 밖의 경제활동에서 생겨난 금액 차이를 말한다. 예를 들어 우리나라 관광객이 해외여행에서 쓰는 돈은 교역에서 물건을 사들이는 수입과 같다. 무역수지와 무역외수지를 합한 것을 **경상수지**라고 한다.

콜베르의 목표는 되도록 수출은 많이 하고 수입은 적게 해서 무역수지에서 흑자를 내는 것이었다. 콜베르는 그렇게 생긴 흑자를 국가에 비축해 왕을 부자로 만들려고 했다.

콜베르는 수출을 늘리기 위해 수출이 잘될 만한 상품의 생산을 장려하고, 수입을 어렵게 하기 위해 **관세**를 매겼다. 외국에서 들어오는 물건에 관세라는 세금을 무겁게 매겨서 물건값을 올리는 방법이었다. 예를 들어 네덜란드에서 만든 옷감을 수입할 때, 1미터의 옷감 가격이 10리브르라면 관세를 100퍼센트 부과해서 실제 거래 가격을 20리브르가 되게 한 것이다. 결국 네덜란드에서 수입한 옷감은 프랑스 제품보다 값이 비싸져서 프랑스인들은 네덜란드 제품을 사지 않았다.

언뜻 보기에 콜베르의 정책은 프랑스에 매우 도움이 되는 현명한 정책으로 보인다. 그러나 모든 국가가 그런 식으로 무역을 한다면 어떻게 될까? 네덜란드가 프랑스의 직물에 100퍼센트의 세금을 부과한다면 네덜란드 사람들 역시 비싼 프랑스 제품을 사지 않을 것이고 결국 국가 간 무역은 이루어지지 않게 된다.

실제로 프랑스와 무역을 하던 나라들은 콜베르의 중상주의 정책을 좋게 보지 않았다. 1667년에 콜베르가 네덜란드 수입품에 대한 관세를 세 배나 올리자 네덜란드는 프랑스 제품의 수입을 금지했다. 프랑스는 네덜란드에 군대를 보냈지만 네덜란드가 둑을 열어 프랑스 군대가 쳐들어오는 길을 막자 다시 돌아올 수밖에 없었다.

중상주의는 바로 눈앞의 일밖에 보지 못하는 정책이었다. 중상주의로 외국과의 무역에서 많은 금과 은을 벌어들여 봐야 프랑스 안에서 프랑스인들끼리 물건을 사고파는 것으로는 제자리걸음 치는 것에 불과하다. 오히려 시장에 도는 돈은 많은데 사고팔 물건의 양은 그대로여서 물가가 크게 오르는 인플레이션이 일어날 수도 있다. 아메리카 대륙 발견 이후 에스파냐가 겪었던 인플레이션과 같은 경우이다. 금과 은을 잔뜩 모으기만 해서는 외딴섬에서 혼자 금을 캐 모으는 사람과 다를 바가 없다.

그럼에도 콜베르의 중상주의는 여전히 큰 힘을 발휘하고 있다. 많은 사람들의 머릿속에 중상주의적인 사고가 깊이 새겨져 있기 때문이다. 사람들은 돈을 버는 수출은 좋고 돈을 쓰는 수입은 나쁘다고 생각한다. 그래서 정치가들은 힘든 시기가 되면 자기 나라의 경제를 보호하려고 애쓴다. 하지만 중상주의에 따른 **보호주의 무역**은 외국과의 교류를 어렵게 만들 뿐이다.

혈액순환을 닮은
경제의 흐름

프랑수아 케네는 경제활동을 하는 여러 집단 간의 관계를
관찰하여 경제표로 정리하고, 농업을 생산과 부의 원천으
로 보는 중농주의를 주장했다.

루이 14세의 베르사유 궁전은 사치스러움으로 이름이 높았
다. 앙투안 바토 같은 로코코 화가들의 그림을 보면 당시
사람들이 얼마나 호화로운 생활을 했는지 알 수 있다.

보통 프랑스 왕은 왕비 외에도 여러 명의 첩을 두었다. 루이
14세의 증손자인 루이 15세는 특히 퐁파두르 부인(1721년~1764
년)을 총애했다. 퐁파두르 부인은 매우 똑똑하고 명예욕이 강한 여
자였다. 왕은 정치와 문화에 관한 주요 문제들을 늘 퐁파두르 부인

과 의논했다.

풍파두르 부인에게는 프랑수아 케네(1694년~1774년)라는 주치의가 있었다. 케네는 농부의 아들로 정원사에게 글을 배웠지만 루이 15세와 풍파두르 부인의 주치의가 되면서 귀족이 되었다. 케네는 의학뿐 아니라 다른 분야에도 관심이 많았다. 특히 경제 분야에 있어서는 유럽 최초의 경제학자라고 불러도 손색이 없을 만큼 많은 지식을 가지고 있었다.

베르사유궁전에서 케네는 처음으로 '계몽주의'를 접하게 되었다. 당시 계몽주의는 서유럽 전체에 널리 퍼져 있었다. 계몽주의자들은 사람들에게 이성적으로 생각하는 방법을 가르쳤고, 눈으로 본 것과 실제로 증명할 수 있는 것만 믿어야 한다고 주장했다. 독일의 철학자 칸트는 "계몽은 인간이 스스로 얽매여 있던 미성숙함에서 벗어나는 유일한 길이다."라고 말했다.

계몽주의자들은 전통과 관습뿐만 아니라 자연현상을 설명하는 데에도 계몽주의를 적용시켰다. 계몽주의자들은 자연을 이성적으로 연구함으로써 합리적으로 이용할 수 있다고 생각했다. 1687년에 영국의 물리학자 아이작 뉴턴은 중력과 역학에 대한 중요한 법칙들을 설명한 『자연 철학의 수학적 원리』를 발표했다. 사람들은 이 책에 실린 만유인력의 원리를 이용해 대포알이 날아가는 거리를 계산하고 별의 주기를 설명했다. 현미경이나 망원경 같은 기구들이 개발되면서 자연은 차츰 그 신비를 벗었다.

계몽주의의 영향을 받은 케네는 경제활동을 하는 여러 집단 간의 관계를 그림으로 정리한 **경제표**를 만들었다. 케네는 심장에서 나온 피가 몸속을 흐른 다음 다시 심장으로 돌아오는 것처럼, 상품과 돈도 일정한 규칙에 따라 흐른다고 생각했다. 그러면서 행성의 주기나 시계 운동, 인체의 혈액순환처럼 경제도 정해진 규칙에 따라 정확히 움직이므로 그 흐름을 방해하면 안 된다고 주장했다.

케네는 경제표에서 경제활동을 하는 사람들을 세 계급으로 나누었다. 첫째 계급에는 왕, 성직자, 귀족처럼 땅을 가진 사람들이, 둘째 계급에는 수공업자와 공장 노동자들이, 셋째 계급에는 농부, 정확히 말하자면 지주의 땅에서 일하는 소작농이 속했다.

케네의 주장에 따르면 경제의 순환은 다음과 같이 진행되었다. 먼저 농부들이 일 년 동안 모든 계급의 사람들이 먹을 농사를 짓는다. 가을이 되면 농부들은 수확한 곡식 중 자신이 먹을 것을 약간 남겨놓고, 나머지는 수공업자들이 만든 물건과 바꾸거나 지주에게 세금으로 바친다. 지주는 받은 곡식을 식량으로 사용하거나 공장에서 만든 물건과 바꾼다.

케네는 가장 '순수한 생산품'이 농부에게서 나온다고 보아 농부를 '생산계급'이라고 불렀다. 수공업자는 필요한 물건을 만들기는 하지만 농부가 만들어놓은 '순수한 생산품'을 먹고살기 때문에 '비생산계급'으로 분류했다. 즉 케네의 경제표는 생산계급과 비생산계급, 지주계급 사이에서 일어나는 농업 생산물의 생산과 교환, 재

생산의 관계를 나타낸 것이다.

　케네는 국민의 대다수가 농민인 상황에서 중상주의는 적절치 못한 경제정책이라고 생각했다. 대신 케네는 농업을 생산과 부의 원천으로 보는 **중농주의**를 주장했다. 그는 왕에게 농사를 짓는 데 방해가 되지 않는 범위 내에서 농민들에게 똑같이 세금을 부과하라고 조언했으며, 농민들이 곡식을 자유롭게 사고팔 수 있도록 할 것을 주장했다.

　케네가 농업만이 부를 창조하는 생산적인 일이며 상업과 공업은 비생산적인 일이라고 주장한 것은 케네의 책을 읽는 사람들 대부분이 지주였기 때문이다. 케네를 비롯해 당시 궁정 귀족의 대부분은 지주계급이었고 농민들이 바치는 세금으로 생활했다. 즉 지주의 소득이 되는 농업만이 생산적이라고 본 케네의 분석에는 당시의 선입견이 고스란히 담겨 있는 것이다.

20세기에 미국의 경제학자 바실리 레온티예프(1906년~1999년)는 케네의 경제표를 바탕으로 현대 경제의 흐름을 도표로 나타내서 노벨 경제학상을 받았다. 경제 순환을 보여주는 레온티예프의 표는 '국민 경제 계산'의 도구가 되었다. 그 수치를 보면 한 나라의 경제가 얼마나 빠르게 성장했는지 한눈에 파악할 수 있었다. 그리고 한 나라의 모든 국민이 행한 경제활동이 얼마만 한 가치를 지니고 있는지를 나타내는 '국민 총생산'의 계산도 가능했다.

콜베르, 케네처럼 훌륭한 경제학자들이 많이 나왔음에도 프랑스 국민들은 여전히 과도한 세금에 짓눌렸다. 사치스러운 생활과 잦은 전쟁 때문에 왕은 재정적 어려움에 처했고, 이것이 원인이 되어 1789년에 프랑스혁명이 일어났다. 절대왕정이 끝난 유럽은 급격한 변화의 소용돌이에 휩쓸렸다.

보이지 않는 손에
시장을 맡겨라!

애덤 스미스는 국가가 경제에 간섭하지 않고 사람들이 저마다 자기의 이익을 위해 행동하면 '보이지 않는 손'에 의해 경제가 저절로 돌아간다는 자유방임주의를 주장했다.

프랑스의 계몽주의자들이 경제를 위해 총체적인 계획을 세우고 합리적인 법을 만들고자 하던 무렵, 스코틀랜드에서는 고전 경제학의 기틀이 다져졌다.

철학자이자 경제학자인 애덤 스미스(1723년~1790년)는 스코틀랜드 계몽주의의 선구자이다. 그는 『도덕감정론』과 『국부론』이라는 유명한 책을 썼는데, 특히 『국부론』이 출판된 1776년은 현대 경제학의 실제적인 출발점이 되었다.

애덤 스미스는 재능이 뛰어났을 뿐 아니라 많은 지식을 쌓았지만 케네처럼 부유한 삶을 살거나 콜베르처럼 정부의 관리로 명예를 누린 것은 아니다. 그럼에도 애덤 스미스는 '경제학의 아버지'라고 불리며 많은 사람들의 존경을 받았다.

애덤 스미스는 경제를 위해 국가가 할 일은 아무것도 없다고 주장했다. 그는 국가가 경제에 대한 간섭과 통제를 멈추고 사람들이 저마다 자기의 이익을 위해 행동하게 두면 **보이지 않는 손**에 의해 경제가 저절로 돌아가게 된다고 보았다.

그리스의 철학자 아리스토텔레스도 사람들이 자신의 이익을 위해 행동하는 것의 장점에 대해 이야기한 적이 있다. 아리스토텔레스는 사람들이 노력한 만큼 자기 몫을 거두어들일 수 있다면 더 열심히 일할 것이라고 말했다.

애덤 스미스는 아리스토텔레스의 철학을 경제 이론으로 발전시켜, 사람들이 자신의 이익을 위해서 일할 때 전체를 위해서도 최상의 결과가 나온다고 주장했다. 한 사람 한 사람의 이기적인 노력이 시장에서 벌어지는 경쟁을 통해 다른 사람에게도 좋은 결과를 가져다준다는 것이다. 스미스의 이론에 따르면 한 나라의 국민 소득은 국가의 모든 기업과 국민이 얻는 수입과 같았다. 그러므로 모든 사람이 각자 이익을 많이 만들어 내면 전체 국민 소득도 당연히 커진다.

『국부론』에서 애덤 스미스는 자신의 생각을 이렇게 소개했다.

"개개인이 의도적으로 나라의 이익을 위해 노력하지 않는다고 해도 그렇게 잘못은 아니다. 개인은 자신의 이익을 위해 노력함으로써 국가를 위해서도 좋은 결과를 만들어낼 수 있다."

애덤 스미스가 말하는 시장의 법칙은 단순했다. '보이지 않는 손'이 인간의 이기적인 욕심을 전체 사회의 이익과 가장 조화로운 방향으로 이끌어준다는 것이다.

"인간이 다른 사람들의 이기심을 자신의 이익을 위해 이용하는 방법을 알게 되면 더 쉽게 그들의 도움을 얻을 수 있을 것이다. 다시 말해 자기가 그들에게 요구하는 것이 결국 그들에게도 이익이 된다는 것을 설득하면 되는 것이다. 다른 사람에게 무언가를 얻고자 하는 사람은 이렇게 제안하면 된다. '내가 원하는 것을 주시오. 그러면 당신이 원하는 것을 가지게 될 것이오. …… 우리가 맛있는 식사를 할 수 있는 것은 정육점 주인이나 양조업자나 빵집 주인의 자비심 때문이 아니라 그들이 자기 이익을 중요시하기 때문이다. 우리는 그들의 인간성이 아니라 그들의 이기심에 호소해야 하며, 우리에게 무엇이 필요한지가 아니라 그들이 얻게 될 이익에 대해 이야기해야 한다."

애덤 스미스는 다른 사람의 호의에 의존하며 살아가는 사람은 거지뿐이라고 말했다.

한편 애덤 스미스는 인간이 자신의 이익을 위해 행동하지만 그렇다고 다른 사람의 입장을 전혀 고려하지 않는 이기주의자는 아니라고 했다. 그는 『도덕감정론』에서 '동감'에 대해 다음과 같이 설명했다.

"사람은 누구나 동감을 얻고자 하며 동감을 얻기 위해 다른 사람의 마음에 들려고 노력한다. 그래서 마음속에 '객관적인 관찰자'를 두어 자신의 행동을 다른 사람의 입장에서 비판적으로 점검한다."

애덤 스미스의 이론대로 경제를 인간이 자신의 이익을 추구하기 위해 하는 행동이라고 정의한다면, 국가의 경제정책은 엄청난 후유증을 낳을 수밖에 없다. 애덤 스미스는 국가가 경제에서 완전히 손을 떼야 한다고 주장했다. 자기 자신을 위해 무엇이 가장 좋을지 결정할 수 있는 것은 왕이나 정부의 관리가 아니라 개개인이기 때문이다.

애덤 스미스는 특히 **자유무역**을 강력하게 주장했다. 국가와 국가 사이에 물건을 아무런 제약 없이 들여오고 내보낼 수 있어야 한다는 것이다. 그는 관세를 없애고 외국의 곡물들이 영국으로 자유롭게 들어올 수 있도록 해야 한다고 주장했다. 애덤 스미스는 관세를 부과해서 외국 상품의 수입을 어렵게 했던 중상주의에 분명한 반대의 뜻을 밝혔다. 중상주의는 시장에서 상품의 값을 비싸게 할 뿐이라는 것이 그의 생각이었다. 애덤 스미스는 자유무역의 필요성에 대해 이렇게 썼다.

"소비는 모든 생산의 유일한 목적이며 목표이다. 그러므로 생산자의 이익은 소비가 활발하게 이루어질 수 있는 범위 내에서만 고

려되어야 한다. …… 국내 생산품과 경쟁할 수 있는 외국 생산품
의 수입을 제한하면 소비자의 이익이 생산자의 이익에 희생된다.
소비자는 독점 때문에 높아진 가격을 지불해야 하고 그것은 생산
자에게만 득이 될 뿐이다.”

　영국의 경제학자 데이비드 리카도(1772년~1823년)는 자유무역

에 대한 스미스의 주장을 더욱 발전시켰다. 리카도는 영국으로 이민 온 네덜란드계 유태인의 아들이었다. 그의 아버지는 암스테르담의 증권거래소에서 주식 중개인으로 일했으며, 리카도 역시 증권에 투자해 큰돈을 벌었다.

리카도는 무역에 관여한 두 나라가 각자 자기가 잘하는 것, 즉 '비용 면에서 더 유리한 제품'을 만드는 분업을 통해 두 나라의 경제를 함께 발전시킬 수 있다고 주장했다. 리카도의 주장에 따라 영국은 식량의 자유무역을 실시했다.

애덤 스미스와 데이비드 리카도가 주장하는 '경제적 자유주의'란 한마디로 국가가 경제에 가능한 한 개입하지 말아야 한다는 이론이다. 과거에 케네가 말했던 '자유방임, 자유 통행'이라는 말은 이 이론을 한마디로 요약한다. 다른 사람의 권리를 침해하지 않는 한 누구나 원하는 대로 경제활동을 하게 두어야 한다는 것이다. 어떤 상품의 품질이 최고인지는 국가 관리가 결정하는 게 아니라 소비자에게 선택되기 위한 경쟁을 통해 정해져야 한다. 19세기에 유럽의 주요 국가들은 이러한 **자유방임주의**를 내세워 경제를 발전시켰다. 애덤 스미스와 데이비드 리카도의 이론은 오늘날 자유무역 정책의 근간이 되었다.

산업혁명이 몰고 온
변화의 바람

산업혁명으로 인류는 신석기 혁명 이래 최대의 변화를 경험했다. 농업사회를 벗어나 산업사회가 되면서 인구가 늘고 자본가와 노동자라는 새로운 계급이 나타나 충돌했다.

루이 14세의 재무 장관 콜베르는 프랑스의 경제 발전을 위해 여러 곳에 공장을 세웠다. 수백 명의 수공업자들이 공장에 모여 양탄자, 실크, 벽지, 도자기를 만들었다. 반면 전통적인 수공업자들은 처음부터 끝까지 모든 과정을 혼자서 다 했다. 옷 한 벌을 만들 때도 치수를 재고 옷감을 자르고 꿰매고 안감을 대는 일을 모두 한 사람이 했다.

공장에서는 사람들이 일을 나누어 했기 때문에 훨씬 빠르고 효율적이었다. 애덤 스미스는 『국부론』에서 바늘 공장을 예로 들어 분업의 효율성에 대해 설명했다.

"솜씨가 서툰 노동자는 아무리 열심히 일해도 하루에 기껏해야 바늘 한 개를 만드는 게 고작이다. 그런데 바늘 공장에서는 노동자 열 명이 같은 시간에 48,000개의 바늘을 만든다. 한 사람당 4800개의 바늘을 만드는 셈이다. 이 공장에서는 바늘 만드는 일을 여러 단계로 나누어 노동자들이 각각 한 단계씩 맡아서 일한다. 첫 번째 사람은 철사를 가져오고, 두 번째 사람은 철사를 똑바르게 펴고, 세 번째 사람은 철사를 자르고, 네 번째 사람은 철사 끝을 뾰족하게 하고, 다섯 번째 사람은 바늘귀를 만들 수 있도록 윗부분을 뭉툭하게 간다."

작업을 분리하고 전문화함으로써 노동자 한 사람의 생산량은 엄청나게 늘어났다. 이처럼 초기의 공장에서는 노동자들의 분업만으로도 전통적인 수공업적 제조 방식보다 훨씬 빠르게 많은 물건을 만들어 냈다. 그러나 얼마 지나지 않아 공장에 기계가 도입되면서 제조 방식에 혁명이 일어났다. 기계를 이용한 **대량생산**이 시작된 것이다.

사실 인간은 동물에 비하면 부족한 점이 많다. 인간은 곰보다 약하고 사슴보다 느리며 고양이보다 민첩하지 못하다. 다행히 인간에게는 이성이 있어 자연적인 약점을 극복할 수 있었다. 인간은 자연을 자신의 목적에 맞게 이용할 줄 알았다. 인간은 황소로 쟁기를 끌었고 말을 타고 먼 거리를 이동했고 바람과 물의 힘으로 방앗간과 제분소를 움직였다. 그러나 인간이 자연을 통해 얻는 힘은 말과 황소의 힘이나 물레방앗간의 물줄기처럼 제한적이었다. 더욱이 말과 소 같은 가축은 사료가 부족해 많이 기르기 어려웠다. 사람이 먹을 밀을 키우는 땅에 말을 먹일 귀리를 심을 수는 없었다. 요즘 기준으로 본다면 말이나 소는 지속적으로 많은 원료를 주어야 힘을 얻는 '살아 있는 기계' 같은 것이었다. 하지만 가축에게 줄 먹이를 기를 땅이 없었기 때문에 살아 있는 기계를 이용하는 데는 한계가 있었다.

그런데 1765년에 영국인 제임스 와트가 석탄으로 움직이는 '증기기관'을 발명했다. 와트는 원래 있던 증기기관의 약점을 보완해 더 효율적으로 사용할 수 있게 했다. 증기기관은 석탄으로 물을 끓여 증기의 힘으로 증류기를 움직였고, 증류기는 피스톤을 작동시켜 연결된 바퀴를 구르게 만들었다. 사람들은 증기기관을 이용해 광산에서 석탄을 캐고 실을 만드는 방직기와 옷감을 짜는 역직기를 움직였다.

증기기관의 발명과 함께 **산업혁명**이 시작되었다. 산업혁명으로 인류는 신석기 혁명 이래 최대의 변화를 경험했다. 유럽에서는 농업사회를 벗어나 산업사회로의 전환이 이루어졌으며 인구가 늘고 새로운 계급이 생겨났다.

1810년경 영국 랭커셔의 공장에 처음으로 실을 뽑아 천을 짜는

방직기계가 들어왔다. 기계를 쓰려면 비싼 값을 지불해야 했지만, 인건비를 줄이고 짧은 시간 안에 많은 물건을 생산할 수 있었다. 물론 그러기 위해서는 먼저 값을 치르고 기계를 사야 했다. 즉 공장주는 기계를 사서 물건을 생산해 팔기 위해 먼저 많은 돈, '자본' 이 있어야 했다. 이렇게 산업혁명 시대에는 돈에 대한 수요가 커지면서 자본가들이 사회적, 경제적으로 중요한 위치를 차지하는 **산업자본주의**가 확립되었다.

초대형 직물 산업은 빠르게 성장했다. 리버풀과 맨체스터는 온 도시가 공장 지대로 변했다. 공장 근처에는 새로운 마을이 생겨나 농촌에서 온 사람들을 흡수했다. 랭커셔의 인구는 불과 80년 동안 열 배나 늘었다.

또 산업혁명의 결과, 자본가와 노동자라는 새로운 계급이 생겨났다. 산업혁명 이전의 수공업자나 날품팔이를 대신해 자신의 노동력을 팔아 돈을 버는 노동자들이 나타난 것이다. 공장 지대에 사는 사람들의 대부분은 이런 노동자였다. 독일의 사회주의자 프리드리히 엥겔스(1820년~1895년)는 영국의 산업혁명이 노동자들을 '단순 운동을 반복하는 기계'로 만들었다고 주장했다.

산업혁명 시대에 새로 세워진 것은 공장만이 아니었다. 새 기계를 움직이는 데 필요한 석탄을 캐는 광산, 노동자들이 살 집, 물건을 운반하기 위한 도로와 기차가 만들어졌다. 1825년에는 영국 중부의 스톡턴온티스와 달링턴 사이에 철도가 개통되어 처음으로 화물열차가 달렸다. 1830년에는 승객을 태운 최초의 기차가 리버풀과 맨체스터 사이를 운행했다.

산업혁명으로 세상은 급격하게 변했고 엄청난 부가 생겨났다. 하지만 동시에 산업혁명은 오늘날까지도 해결하지 못한 많은 사회문제와 환경문제를 낳기도 했다.

세계 최고의 부자는
누구일까?

로스차일드 가문의 신화는 네이선 로스차일드 때에 절정을 이루었다. 그는 남다른 정보망과 뛰어난 투자 감각으로 당대 최고의 부자이자 투자가로 이름 높았다.

산업혁명이 시작된 맨체스터에는 매일같이 야망에 찬 젊은이들이 몰려들었다. 행운을 찾아 영국과 유럽의 여러 도시에서 온 젊은이들 가운데에는 지금의 독일 프랑크푸르트 출신인 네이선 로스차일드가 있었다. 맨체스터에 처음 도착했을 때만 해도 네이선 로스차일드는 영어를 한마디도 하지 못했다. 그러나 얼마 지나지 않아 네이선 로스차일드는 영국에서 가장 돈이 많고 영향력이 큰 사람이 되었다.

네이선 로스차일드는 프랑크푸르트의 유태인 거리에서 태어났다. 유태인들은 프랑크푸르트의 '게토'라는 특별 구역에 모여 살았다. 유태인들은 밤이나 국경일에는 집 밖을 마음대로 돌아다닐 수 없었고 결혼도 아무 때나 할 수 없었으며 시청에 보호 비용 명목으로 돈을 내야 했다.

네이선 로스차일드의 아버지 마이어 암셀 로스차일드는 하노버의 오펜하이머 은행에서 일했다. 은행에서 일하는 동안 상류층 사람들과 친해진 마이어 암셀 로스차일드는 프로이센의 프리드리히 대왕의 아들인 빌헬름공을 사귀었다. 유태인 박해가 심했던 프랑크푸르트에서 유태인 상인이 빌헬름공과 만나 거래를 한 것은 아주 놀라운 일이었다. 더욱이 빌헬름공은 마이어 암셀 로스차일드에게 개인적인 돈 관리까지 맡겼다.

빌헬름공은 유럽에서도 손꼽히는 부자였다. 그는 군대를 키워 영국을 비롯한 여러 나라에 용병으로 빌려 주고 많은 돈을 벌었다. 빌헬름공은 그렇게 모은 돈을 마이어 암셀 로스차일드를 통해 형편이 좋지 않은 왕이나 귀족들에게 이자를 받고 돈을 빌려주었다. 빌헬름공에게 돈을 빌린 사람들 중에는 영국의 왕도 있었다. 당시 영국은 잦은 전쟁으로 늘 돈이 부족했다. 빌헬름공은 영국의 왕에게 돈을 빌려 주는 대신 나라가 지불을 보장하는 국채를 받았다. 빌헬름공은 재산의 대부분을 국채를 받고 영국에 빌려주었다. 그리고 그 재산을 관리하는 일을 마이어 암셀 로스차일드에게 맡겼다.

1789년에 프랑스혁명이 일어나 프랑스의 루이 16세가 교수형에 처해졌다. 프랑스혁명을 지켜본 유럽의 왕과 제후들은 자신들도 그런 처지가 될까 봐 겁이 났다. 그들은 연합군을 결성해 프랑스혁명군과 전쟁을 벌이기로 결의했다. 빌헬름공도 프로이센과 오스트리아의 연합군에 합류해 12,000명의 군인을 전쟁터로 내보냈다. 그러나 연합군의 병사들은 투지에 불타는 프랑스혁명군과 맞서 싸우기에 역부족이었다. 프랑스 군대는 프랑크푸르트와 헤센을 점령하고 빌헬름공을 폐위시켰다. 왕좌에서 쫓겨난 빌헬름공은 프라하로 망명을 떠났다. 그러나 그의 엄청난 재산은 프랑크푸르트 유태인 거리에 있는 마이어 암셀 로스차일드의 집 지하실에 고스란히 남아 있었다. 마이어 암셀 로스차일드는 프랑스군의 공격을 피해 현금과 채권을 영국으로 몰래 빼돌렸다.

마이어 암셀 로스차일드에게는 암셀, 잘로몬, 네이선, 카를, 야콥이라는 다섯 명의 아들이 있었다. 그는 다섯 아들을 엄격하게 교육한 뒤 장남 암셀은 독일 프랑크푸르트, 차남 잘로몬은 오스트리아 빈, 셋째 네이선은 영국 런던, 넷째 카를은 이탈리아 나폴리, 다섯째 야콥은 프랑스 파리로 보냈다. 마이어 암셀 로스차일드와 그의 아들들이 세운 회사는 세계 곳곳에 자리 잡은 거대 금융 기업으로 성장했다.

특히 셋째 아들 네이선 로스차일드는 일찍부터 뛰어난 사업가로 명성이 높았다. 네이선 로스차일드는 나폴레옹 전쟁을 통해 엄청난 재산을 모아 로스차일드 집안의 이름을 다시 한번 크게 떨쳤다.

영국에 도착한 지 얼마 되지 않았을 때부터 네이션 로스차일드는 런던의 왕립 증권거래소를 자주 방문했다. 그곳에서 네이션 로스차일드는 투자의 재주를 유감없이 발휘했다.

그 무렵 나폴레옹은 모스크바에서 유럽 연합군에 참패를 당한 후 엘바섬으로 유배를 떠났다. 그러나 1815년에 나폴레옹은 다시 병사들을 모아 파리로 진군했다. 연합군은 나폴레옹을 상대로 전쟁을 벌였고 네이션 로스차일드는 연합군에 전쟁 자금을 댔다. 1815년 6월, 벨기에의 워털루에서 나폴레옹과 연합군 사이에 대혈전이 벌어졌다. 전쟁의 승패는 쉽게 판가름 나지 않았다. 오랫동안 나폴레옹의 프랑스군이 웰링턴 장군이 이끄는 영국군을 이길 것처럼 보였다. 그러나 프로이센의 블뤼허 장군이 나폴레옹을 격파하고 전쟁을 승리로 이끌었다. 나폴레옹은 완전히 패했고 전쟁에서 승리한 영국의 재정 상태는 순식간에 좋아졌다.

전쟁의 결과를 미리 안 사람은 엄청난 돈을 벌어들일 수도 있었다. 영국 왕실이 이자를 충분히 지불할 수 있다는 것이 밝혀지면 영국이 발행한 채권값이 엄청나게 뛸 게 뻔했기 때문이다. 그전까지는 많은 투자자들이 영국에 지불 능력이 없다고 생각해서 채권값이 무척 쌌다.

1815년에는 전화도 팩스도 텔레비전도 없었다. 유럽 대륙의 소식이 영국에 전달되기까지는 많은 시간이 걸렸다. 네이션 로스차일드는 배를 타고 영국과 유럽 대륙을 넘나드는 선장들에게 많은 돈을 주고 유럽 대륙에서 일어난 일들을 최대한 빨리 전해 달라고 부탁했다. 전쟁에서 영국이 승리하자 네이선 로스차일드에게 돈을 받은 사람 중 한 명이 워털루 전투에 대한 기사가 나온 네덜란드의 신문을 런던에 있는 네이선 로스차일드에게 가져다주었다. 전쟁이 끝난 바로 다음 날이라서 영국 군대가 승전보를 알려 오기도 전이

었다. 네이선 로스차일드는 우선 그 정보를 영국 정부에 알렸다. 그런 다음 증권거래소로 나가 채권을 팔기 시작했다. 그것을 보고 '네이선 로스차일드가 채권을 파는 것으로 보아 연합군이 패한 것이 분명해.'라고 생각한 투자자들이 앞다투어 채권을 팔았다. 채권 값은 순식간에 곤두박질쳤다. 그러나 사람들이 채권을 파는 동안 네이선의 중개인이 그 채권을 도로 사들였다는 것을 눈치챈 사람은 아무도 없었다. 다음 날 승전보가 널리 퍼지자 네이선은 전날 헐값에 사들인 채권을 많은 이익을 남기고 되팔았다. 이 일로 네이선 로스차일드는 역사상 최고의 투자가라는 별명을 얻었다.

왜 사람들은
공장에 나가야 했을까?

산업혁명 시대 노동자들의 삶은 비참하기 짝이 없었다.
칼 마르크스는 프롤레타리아 계급이 혁명을 통해 계급 없
는 사회를 만들어야 한다는 사회주의를 주장했다.

네이선 로스차일드의 성공은 극히 예외적인 경우이다. 19세
기에 대부분의 사람들은 굶주렸고 교육을 받지 못했으며
가난을 대물림했다. 사람들은 대개 노동자로 일했다. 어른들뿐만
아니라 열두 살 이하의 아이들도 방직 공장이나 광산에서 일했다.
근무시간은 보통 하루 열두 시간이었고, 열다섯 시간 이상 일하는
경우도 흔했다.
　1833년에 영국에서 제정된 공장법은 9세 이하 어린이의 노동을

금하고 13세 이하 어린이의 노동 시간을 1주 48시간 이내로 제한했다. 그러나 이 공장법은 "정상적인 근무시간은 아침 5시 30분에 시작해 저녁 9시 안에 끝나야 한다. 그 시간 안에 열다섯 시간 동안 일하는 것을 원칙으로 하고, 13세 이상 18세 이하의 젊은이는 하루 열두 시간을 넘지 않는 범위 내에서만 일할 수 있다."라고 정함으로써 노동자의 근무시간은 여전히 열다섯 시간이나 되었다.

당시 노동자들이 일 년간 일한 시간은 옛날에 농부나 수공업자들이 일한 시간보다 훨씬 많았다. 지역에 따라 일 년에 100일이 넘던 교회의 경축일도 갈수록 줄어들어 노동자들은 쉴 새 없이 일해야 했다. 그런데도 노동자들이 받는 보수는 겨우 목숨을 유지할 수 있을 정도에 불과했다.

그 시절 사람들은 왜 그렇게 열악한 조건 속에서도 공장에 나가 일을 해야 했을까? 영국에서는 두 번에 걸친 **인클로저 운동**으로 소규모로 농사를 짓던 가난한 농민들이 토지를 잃고 공장에 값싼 노동력을 제공했다. '인클로저 운동'이란 미개간지나 공유지처럼 공동 이용이 가능한 땅에 담이나 울타리를 쳐서 다른 사람의 이용을 막고 사유지로 만드는 것을 말한다. 16세기에 일어난 제1차 인클로저 운동은 모직물 공업이 발전하면서 방직 공장의 양모 수요를 충족시키기 위해 시작되었다. 농사를 짓거나 우유를 생산해서 시장에 내다 파는 것보다 양을 기르는 편이 더 많은 돈을 벌 수 있었기 때문에 경작지는 목장으로 바뀌었고 많은 농민들과 농장의 일꾼들이 일자리를 잃었다. 산업혁명 이후 일어난 제2차 인클로저 운동은 농업의 대량 생산을 위한 것이었다. 두 번의 인클로저 운동을 겪으며 경제적으로 완전히 몰락한 영국의 중소 농민들은 도시로 나와 공장 노동자가 되었다.

이들은 자유로운 시골에서 온 데다 교육 수준도 낮아 공장 생활에 잘 적응하지 못했다. 자본가들은 그런 노동자들을 '게을러서 일을 하지 않는 것'이라고 몰아치며 더 혹독하게 다루었다.

1845년에 프리드리히 엥겔스는 「영국 노동자 계급의 생활환경」이라는 충격적인 보고서를 발표했다. 그는 이 보고서에 스코틀랜드의 수도 에든버러에서 만난 어느 성직자의 말을 옮겨 놓았다.

"나는 이토록 비참한 생활을 한 번도 본 적이 없다. 사람들은 정말 아무것도 없이 살고 있다. 결혼한 부부 두 쌍이 한 방에서 같이 생활하는 경우도 많았다. 언젠가는 일곱 가정을 방문했는데 침대가 있는 집이 하나도 없었고, 어느 집에는 바닥에 깔 거적도 없었다. 여든 살 노인이 딱딱한 나무판자 위에 누워 잤고, 거의 모든 사람들이 자기 옷을 이불 삼아 잤다. 어느 지하실에서 만난 스코틀랜드인 부부는 시골을 떠나 도시에 도착하자마자 아이 둘을 잃었다고 했다. 셋째 아이 역시 사경을 헤매고 있었다. 한낮에도 바로 앞에 서 있는 사람을 알아보지 못할 정도로 캄캄한 방 한쪽 구석에는 더러운 지푸라기들이 수북이 쌓여 있었고 거기에는 노새가 앉아 있었다."

엥겔스는 에든버러의 거리에 대해 이렇게 썼다.

"길이 너무 좁아서 창문을 열어놓으면 건너편에 있는 집 안이 훤히 들여다보일 정도였다. 건물은 모두 너무 높아서 햇빛이 거의 들지 않았다. 화장실이나 하수구가 제대로 설치되어 있지 않아 5만여 명의 쓰레기와 배설물이 한밤중에 아무 데나 마구 버려졌다. 날마다 청소부가 와서 치우지만 그래도 찌꺼기가 남아 악취가 진동했으며 사람들의 건강을 위협했다."

노동자들이 이렇게 형편없는 삶을 살았음에도 불구하고 영국의 경제학자 토머스 맬서스(1766년~1834년)는 노동자에게 목숨을 유지하기 위해 꼭 필요한 만큼의 임금만 주어야 한다는 '생존 임금 법칙'을 주장했다. 그는 사람들이 돈을 많이 받으면 그 즉시 일을 더 적게 하려 할 것이라고 주장했다. 또 임금이 오르면 일을 하려는 사람들의 숫자가 늘어나 생존을 위한 최소한의 액수가 될 때까지 다시 임금이 떨어질 것이라고 생각했다. 그것은 당시 많은 자본가들의 생각이기도 했다. 하지만 맬서스의 이론은 옳지 못한 것으로 입증되었다. 노동자 한 명이 일해서 만들어 내는 이익이 빠르게 커진 데 비해 노동자의 수는 그만큼 빨리 늘어나지 않았기 때문이다.

노동자들의 비참한 삶은 많은 사람들의 마음을 움직였다. 영국의 작가 찰스 디킨스(1812년~1870년)는 1838년 발표한 소설 『올리버 트위스트』에서 고아 소년 올리버의 삶을 통해 초기 산업혁명 시대 영국의 어두운 면을 고발했다. 독일의 시인 하인리히 하이네

150

(1797년~1856년)도 슐레지엔에서 일하는 방직공의 불행한 삶을 시
로 읊었다.

> 침침한 눈에는 눈물도 마르고
> 베틀에 앉아 이빨을 간다.
> 독일이여! 우리는 짠다, 너의 수의를.
> 세 겹의 저주를 거기에 짜 넣는다.
> 우리는 짠다. 우리는 짠다.

> ......

> 두 번째 저주는 왕에게, 부자들의 왕에게.
> 우리들의 비참을·덜어 주기는커녕
> 마지막 한 푼마저 빼앗아 먹고 그는
> 우리들을 개처럼 쏘아 죽이라 했다.
> 우리는 짠다. 우리는 짠다.

> ......

이런 상황이 계속되자 노동자들이 직접 나서서 노동환경을 개
선하려는 움직임이 나타났다. 1802년에는 영국 런던의 한 조선소

에서 노동자들이 임금 인상을 요구하며 파업을 일으켰다. 이 파업이 아무 소득 없이 끝나자 절망에 빠진 노동자들은 '기계 파괴 운동'을 벌였다. 자기들이 받는 고통이.기계 때문이라고 생각한 노동자들은 방직기계를 마구 망가뜨렸다. 기계 파괴 운동은 영국 경제에 큰 위협이 되어 1813년에는 기계를 부순 사람이 사형당하기도 했다. 1818년, 런던에는 최초의 노동자 교육기관이 세워졌다. 노동자들이 교육을 받으면 상황이 나아질 것이라고 생각했던 것이다. 그러나 1842년에 랭커셔에서 공장주들이 노동자들의 임금을 줄이려 하자 다시 대규모 시위가 벌어졌다.

우여곡절 많은 노동운동 끝에 공장 지대 노동자들의 비인간적인 생활환경은 차차 개선되었다. 여자와 청소년의 근무시간은 열 시간으로 제한되었고 1849년에는 노동조합이 만들어졌다. 또 그동안 영국으로 들어오는 곡물의 수입을 막아 결과적으로 노동자들에게 비싼 빵값을 치르게 했던 법이 의회에서 폐지되었다.

그러나 사회주의자와 공산주의자들은 보다 근본적인 해결책을 찾고자 했다. 그들은 애덤 스미스 같은 자유주의 경제학자들의 생각에 반대했다. 사회주의자들은 한 사회의 구성원이 자신의 이익을 추구함으로써 공동의 이익을 추구할 수 있다는 말이 이상에 지나지 않으며 오히려 사유재산에 대한 사람들의 욕심 때문에 빈곤이 생겨났다고 보았다.

사회주의자들이 보기에 공장이나 광산의 주인인 자본가는 노동

자의 힘을 빌려 부자가 된 것이었다. 사회주의자들은 노동의 약탈이 한쪽에는 부유함의 원천이 되었지만 다른 쪽에는 가난의 원천이 되었다고 생각했다. 따라서 사유재산을 허용해서는 안 되고 땅과 공장 건물은 모두 공동의 소유가 되어야 했다. 그러면 세상에 부자도 없고 가난한 사람도 없게 될 것이었다.

사회주의자들 가운데 가장 많은 주목을 받는 사람은 독일 트리어 출신의 젊은 변호사인 칼 마르크스(1818년~1883년)였다. 마르크스는 많은 사람의 영향을 받았다. 프리드리히 엥겔스가 쓴 영국 노동자들의 삶에 대한 보고서와 독일 철학자 헤겔의 철학과 고전 경제학은 마르크

153

스에게 큰 영향을 끼쳤다. 마르크스는 자본주의 경제가 역사의 법칙에 따라 등장했듯이 머지않아 무너질 것이며 이상적인 사회주의 사회가 건설될 것이라고 주장했다. 마르크스 이론은 세상에 엄청난 변화를 몰고 왔다.

프리드리히 엥겔스와 칼 마르크스는 그들과 같은 생각을 가진 젊은이들과 함께 공산주의자 동맹을 결성해 1848년에 '공산당 선언'을 발표했다. 그들은 역사적으로 경제적인 격차가 있는 집단 간의 계급투쟁이 끊임없이 이어져 왔다고 주장했다. 노예는 주인을 상대로, 시민계급은 귀족을 상대로 싸웠으며 이제는 자본가와 노동자들이 맞서 싸워야 할 때라는 것이다.

마르크스는 사유재산이 인정되는 자본주의 경제에서는 '부르주아'라는 계급이 사회를 지배하고 있다고 보았다. 마르크스와 엥겔스는 "전 세계의 프롤레타리아여, 단결하라!"라고 외치며, '프롤레타리아'라는 노동자 계급이 혁명을 통해 사유재산 제도를 폐지하고 계급 없는 사회주의 국가를 건설해야 한다고 주장했다.

하지만 마르크스는 혁명 이후의 사회주의 국가의 모습에 대해서는 분명하게 설명하지 못했다. 마르크스는 사회주의가 역사의 흐름 속에 자연스럽게 나타난 것이므로 미래를 애써 계획할 필요가 없다고 생각했다. 그러나 사회주의는 마르크스가 예상했던 것과 전혀 다른 방향으로 흘러갔다. 그의 이념을 좇아 새로운 사회를 건설하기 위해 혁명을 일으킨 사람들은 모두 실패하고 말았다.

한편 사회주의자들 중에 몇 가지 점에서 마르크스와 생각을 달리했던 사람들은 '민주 사회주의자'라고 불리었다. 그들 역시 자본주의 경제와 사회의 변화를 주장했으나 혁명을 변화의 방법으로 보지 않는다는 점에서 마르크스와 방향을 달리했다.

3장 | 세계경제의 미래

대량생산은 어떤 변화를 가져왔을까?

기계를 이용한 대량생산으로 소비자는 이전과는 비교도 할 수 없는 지위를 누렸다. 보통 사람들도 백화점에서 물건을 사고 자동차를 운전하면서 '사치의 민주화'가 이루어 졌다.

자동차 왕으로 불리는 헨리 포드는 1863년에 여섯 남매 중 장남으로 미국 미시간주에서 태어났다. 포드는 어릴 때부터 기계에 관심이 많아 집에 있는 작업실에서 여러 가지 실험을 벌이곤 했다. 포드는 열다섯 살 때 처음으로 모터를 만들었고, 열여섯 살이 되자 집을 떠나 디트로이트로 가서 기계공이 되었다.

부유한 집안의 여자와 결혼한 포드는 '디트로이트 자동차'라는 자동차 회사를 세웠다. 이 회사에서 포드는 성능 좋은 경주용 자동차를 만들었지만 경영을 잘못하는 바람에 곧 회사 문을 닫아야만 했다. 다행히 좋은 투자자를 만난 포드는 1903년에 두 번째 자동차 회사인 '포드 자동차 회사'를 세웠다. 포드는 경주용 자동차 생산을 중단하고 1908년부터 값이 저렴하고 작동이 편리한 'T형 포드'를 시장에 내놓았다.

1913년에 포드는 T형 포드 생산에 혁명을 일으켰다. 그때까지 자동차는 모두 수공업적인 방식으로 만들어졌다. 노동자들은 한곳에 모여 작은 부분을 조금씩 조립하는 방법으로 자동차를 만들었다. 그런데 포드는 컨베이어 벨트를 도입하고 부품을 표준화해서 자동차를 대량 생산했다. 포드는 공장 내부를 천천히 움직이는 컨베이어 벨트 위에 T형 포드의 차체를 올려놓고 노동자들이 자기가 맡은 부분의 일만 계속하도록 했다. 공장의 작업환경은 아주 단순해졌다. 운전대를 차체에 올려놓는 사람, 차축에 나사를 돌리는 사람 등으로 일이 나누어지자 노동자 한 명당 자동차 한 대를 조립하는 데 걸리는 시간이 840분에서 93분으로 줄었다.

그러나 작업대 앞에 앉아 단순 작업을 반복하는 노동자들은 노동의 즐거움이나 창조성을 잃어버렸다. 포드 공장을 방문한 한 신문기자는 그곳에서 일하는 노동자들이 자동화 기계에 손발이 묶여 있는 것 같다고 보도했다. 찰리 채플린도 「모던 타임」이라는 영화를 통해 공장에서 단순 노동에 시달리는 노동자들의 비인간적인 작업환경을 비판했다.

그러나 포드는 대량생산을 통해 노동자들의 임금을 두 배로 올리고 하루 근무시간을 8시간으로 줄였다. T형 포드의 엄청난 성공으로 포드는 노동자들의 임금을 올려주고도 자동차 가격은 낮추었다. 1908년에 T형 포드 한 대의 값은 980달러였지만 1927년에는 270달러밖에 되지 않았다. T형 포드는 미국인들 사이에 '틴 리지(Tin Lizzie 싸구려 차)'라는 별명으로 불리며 1500만 대나 팔려 나갔다. 헨리 포드는 자동차를 대중적인 상품으로 만들었다.

T형 포드는 대량 생산이 우리의 삶에 어떤 변화를 일으켰는지를 보여주는 좋은 예이다. 공장에서 대량으로 만들어지는 공산품은 소비자에게 과거에는 상상도 하지 못했던 지위를 부여했다. 산업화가 되기 전까지는 돈 많은 부자들만 집 안을 멋진 가구와 카페트로 꾸미고 벽에 액자를 걸 수 있었다. 가난한 사람들은 오늘날의 기준에서 보면 너무나 당연한 것들조차 살 엄두를 내지 못했다.

19세기 초만 해도 농부가 평생 살 수 있는 구두는 몇 켤레 되지 않았다. 그 당시 사람들은 구두를 직접 만들어 신거나 구두 수선공에게 산 구두를 여러 차례 고쳐 신고 다녔다. 가구는 같은 동네에 사는 목수에게 부탁해 구하거나 직접 만들어 썼다. 도시의 공장 노동자들은 농촌에 사는 농부들보다 형편이 더 어려웠다. 그러나 19세기 말 시장에 공산품이 쏟아져 나오면서 보통 사람들도 옷, 구두, 재봉틀, 그릇, 자전거, 자동차를 가질 수 있게 되었다.

공산품이 나오면서 소비자에게 제품이 전달되는 방법에도 변화가 생겼다. 1852년에는 프랑스에 세계 최초의 백화점이 들어섰다. 백화점은 그전 가게들과 몇 가지 다른 점이 있었다. 백화점의 제품들은 모두 공개되어 있어서 사람들이 백화점을 돌아다니며 물건을 고를 수 있었다. 백화점에서는 물건을 제값을 받고 파는 것을 원칙으로 했기 때문에 물건을 파는 사람과 사는 사람이 가격을 흥정할 필요가 없었다. 대신 물건을 파는 사람들끼리 치열한 가격 경쟁을 벌여야 했다. 손님들은 구입한 물건이 마음에 들지 않으면 교환할 수도 있었다.

이런 일들은 오늘날 우리에게는 너무 당연한 것이지만 당시 사람들에게는 엄청난 변화였다. 작은 가게를 운영하던 많은 상인들이 백화점의 등장에 위협을 느껴 정부에 보호를 요청했다. 실제로 20세기 초 프로이센에서는 백화점 상품에 대해 특별소비세를 붙이기도 했다. 그러나 특별소비세와 같은 소상인 보호 정책에도 불구하고 값싼 공산품이 불러온 사회 변화의 흐름을 막을 수는 없었다. 점점 더 많은 사람들이 기성복을 입었고, 기성복은 대중 유행을 이끌었다. 어떤 학자는 이런 현상을 **사치의 민주화**라고 표현했다.

이런 변화는 미국을 중심으로 1차 세계대전 이전부터 시작되었다. 전 세계적으로 경제 사정이 나아지면서 사람들은 강렬한 소비 욕구를 보였다. 전쟁이 일어나기 전 미국과 유럽에서는 집집마다 라디오, 세탁기, 텔레비전, 자동차가 자리를 잡았다.

대량 소비문화는 제품의 고유한 상표를 타고 더 넓고 빠르게 퍼져 나갔다. 공장에서 나온 제품들은 수공업자들이 만든 물건과 달리 일정한 품질을 보장했다. 그래서 소비자들은 상표만 보고도 그 제품의 질을 가늠할 수 있었다. 오늘날 '코카콜라', '맥도날드', '아디다스', '리바이스' 같은 상표들은 세계 어디에서나 통한다.

공산품은 대량생산되기 때문에 많은 사람들에게 팔아야 이윤을 남길 수 있다. 그래서 공산품을 만들어 내는 생산자들은 가능한 한 많은 사람들에게 물건을 팔기 위해 **광고**를 제작했다. 사람들에게 제품을 효과적으로 소개하고 제품에 대해 확신을 갖게 하기 위해서였다.

광고는 경제활동에 중요한 부분을 차지했다. 광고의 목적은 단순히 소비자에게 제품의 특성을 설명하는 데 있지 않았다. 광고 제작자들은 소비자들이 광고지나 텔레비전에서 보는 내용을 자신을 향한 것이라고 느낄 수 있도록 글을 쓰고 그림을 그렸다. 그들은 소비자의 욕구를 과학적인 방법으로 분석해 소비자가 무의식적으로 광고에서 본 제품을 사게 만들었다. 그래서 광고에는 멋진 운동화뿐만 아니라 멋진 운동화를 신고 있는 예쁜 사람들이 등장했다. 제품을 광고하는 직접적인 글이 없더라도 사람들이 '나도 저 운동화를 사 신으면 광고에 나온 사람처럼 멋지게 보일 거야.'라고 생각하게 만든 것이다.

그러나 대량생산 방식으로 자동차의 대중화를 이끈 헨리 포드는 정작 소비자의 욕구에는 별 관심이 없었다. 특히 포드는 자동차

의 색깔을 소비자가 원하는 대로 해 주는 데 아주 인색했다. 끝까지 검은색 차만 만들겠다는 포드의 고집 때문에 유행에 뒤떨어진 T형 포드는 결국 20년 만에 사라지고 말았다. 헨리 포드가 오랫동안 검은색 T형 포드만 고집하는 사이 다른 자동차 회사에서는 더 편리하고 멋진 자동차들을 시장에 내놓았고 포드 자동차 회사는 심각한 위기에 빠지고 말았다.

제국주의의
경제적 원인은 무엇일까?

산업혁명 이후 원료를 구하고 대량 생산된 제품을 팔 시장
을 필요로 하던 유럽 열강은 아시아와 아프리카를 식민지
화함으로써 문제를 해결하려고 했다.

영국의 아프리카 식민지 정치가 세실 로즈는 1899년 어느 날,
아프리카의 밤하늘을 올려다보며 길게 한숨을 내쉬었다.

"영토 확장만이 살 길이야. 마음 같아서는 하늘의 별을 다 정복
하고 싶지만 저렇게 멀리 있으니 직접 갈 수도 없고……."

1870년에 남아프리카로 건 온 세실 로즈는 다이아몬드 광산을
사들이고 철도 사업과 전신 사업에 참여해 큰 재산을 모았다. 전형
적인 제국주의자였던 세실 로즈는 아프리카를 영국 땅으로 만들려

고 했다. 처음에는 외교적인 방법을 썼지만 나중에는 군대를 동원해 아프리카의 식민지화에 나섰다. 그는 지금의 짐바브웨 지역을 자신의 이름을 따 '로디지아'라고 부르기도 했다.

'영토 확장만이 살 길'이라는 세실 로즈의 말은 1875년 무렵부터 시작된 유럽 **제국주의**의 실체를 잘 보여준다. 유럽의 강대국들은 세계 여러 곳의 땅을 나누어 가졌다. 특히 영국과 프랑스는 경쟁하듯 식민지 정복에 나섰다. 네덜란드, 독일, 이탈리아, 벨기에, 에스파냐, 포르투갈도 여러 곳에 식민지를 만들었다.

당시 영국은 '해가 지지 않는 나라'라고 불릴 만큼 세계 각지에

많은 식민지를 거느리고 있었다. 영국이 가진 식민지의 넓이는 영국 땅의 100배나 되었다. 인도는 영국의 가장 중요한 식민지여서 1876년에 빅토리아여왕이 인도 황후의 자리에 오르기도 했다. 그 외에도 아프리카의 대부분이 영국의 식민지였고 오스트레일리아, 뉴질랜드, 캐나다와 세계 각 지역에 흩어져 있는 여러 작은 섬들도 영국의 것이었다.

프랑스는 알제리부터 적도까지의 서아프리카와 베트남, 라오스, 캄보디아를 차지했다. 동인도회사가 지배했던 인도네시아는 네덜란드의 식민지가 되었다. 벨기에는 콩고를 차지했고, 독일은 아프리카와 남태평양의 몇 곳을 식민지로 삼았다. 20세기 초 유럽은 세계 거의 모든 지역을 자신들의 식민지로 만들었다.

유럽의 일방적인 영토 확장 정책의 결과이기는 했지만 식민 제국주의는 경제의 세계화를 가능하게 했다. 아시아나 아프리카의 작은 나라들까지 국제적인 분업에서 한자리를 차지하게 되었다. 바나나 같은 열대 과일과 차, 커피, 코코아, 고무 같은 식민지 특산품들이 유럽으로 쏟아져 들어왔다. 증기선은 바다를 분주히 오갔고 사람들은 사방으로 전보를 보낼 수 있었다.

금이 전 세계에서 하나의 화폐처럼 쓰이면서 거래는 더욱 쉬워졌다. 강대국들은 자국 내에서 통용되는 화폐의 가치를 금으로 계산하는 **금본위제도**를 실시했다. 독일과 영국에서는 1마르크와 1파운드가 얼마만큼의 금과 같은지 정해 놓고, 표준으로 잡아둔 금값에 변동이 생기면 금값이 다시 표준이 될 때까지 각국의 연방 은행이 금을 사거나 팔았다. 모두 그런 규칙을 지켰기 때문에 상인들은 위험 부담 없이 외국 돈을 가지고 사업을 할 수 있었다. 그 결과 세계 무역의 규모가 엄청나게 커졌다. 1800년에 1400만 달러에 불과했던 세계 무역 거래 금액은 1913년에는 3억 8100만 달러가 되었다. 유럽의 많은 나라들이 경제적으로 크게 성장했다.

반면 식민지가 된 나라들의 상황은 비참했다. 영국은 식민지인 인도에 철도를 놓고 현대식 건물을 세우고 법을 만들고 인도에서 만든 물건들이 영국 시장에 자유롭게 들어올 수 있게 했다. 하지만 동시에 인도 제품이 영국 제품과 경쟁이 되지 않도록 인도의 전통적인 섬유산업을 철저하게 파괴했다. 식민지는 제국주의에 가차없이 약탈당했다.

유럽 식민지의 원주민들은 노예 취급을 받았다. 특히 벨기에의 지배를 받았던 콩고의 상황은 끔찍했다. 콩고 원주민들은 엄청난 양의 고무 원료를 만들기 위해 하루 종일 고무나무를 잘랐다. 정해진 양을 채우지 못하면 감독이 원주민의 손가락을 잘랐다. 독일은 남서부 아프리카에서 일어난 원주민의 봉기를 무자비하게 진압했는데 그 과정에서 그 지역 원주민의 80퍼센트가 목숨을 잃었다.

1900년, 중국에서 유럽이 체결한 불공정한 협약에 항의해 의화단운동이 일어나자 유럽의 여러 나라들은 베이징에 있던 군대에 의화단운동을 일으킨 중국인들을 모두 죽이라고 명령을 내렸다.

그때 독일 황제 빌헬름 2세가 병사들에게 했던 말은 당시 유럽 사람들의 생각을 잘 보여준다.

"절대 용서하지 마라. 생포하지 말고 무조건 사살하라! 앞으로 수천 년 동안 중국인들이 감히 우리 독일인에게 건방진 짓을 하지 못하도록 확실히 본때를 보여주어라!"

제국주의는 왜 발생했을까? 독일의 사회주의 혁명가 로자 룩셈부르크(1871년~1919년)와 러시아의 혁명가 니콜라이 레닌(1870년 ~1924년) 같은 마르크스주의자들은 제국주의를 자본주의의 최종 단계로 보았다. 한 나라의 국민을 끝없이 약탈할 수는 없으므로 자본주의를 계속 유지하기 위해서는 나라 밖에서 약탈의 대상을 찾을 수밖에 없다는 것이다. 산업혁명으로 대량생산이 가능해지자 유럽 열강들은 엄청난 양의 원료를 구하고 대량 생산된 공산품을 팔 수 있는 시장을 찾아 식민지 개척에 나섰다. 유럽 열강은 자국의 생산품은 관세로 보호하면서 식민지에는 무력으로 자기네 상품을 팔아넘겼다.

이렇게 처음에는 경제적인 이득이 유럽의 식민지 정책에 큰 영향을 끼쳤다. 네덜란드가 동인도회사의 지배 아래 있던 인도네시아를 식민지로 삼은 것이나 영국이 인도를 식민지로 둔 데에는 분명히 경제적인 이유가 깔려 있었다. 그러나 다른 식민지들, 특히 아프리카에서 유럽이 얻을 수 있는 경제적 이득은 거의 없었다. 독일은 서남아프리카의 토고, 카메룬, 탄자니아 등의 식민지에서 얻은 것보다 쓴 것이 더 많았다.

사실 제국주의는 어딘가 광적인 데가 있었다. 유럽인들은 자신들이 우월하다는 생각에서 오랫동안 빠져나오지 못했다. 자유주의 정치가로 독일의 식민지 정책을 강하게 비판했던 오이겐 리히터는 "한 국가에 있어서 제국주의는 개개인을 사로잡은 광기 같은 것이다."라고 말했다. 영국 작가 조지프 콘래드(1857년~1924년)도 1894년 발표한 소설 『올메이어의 어리석은 행동』에서 식민지 무역을 하던 상인이 도덕적으로 파멸하는 과정을 적나라하게 묘사함으로써 제국주의를 비판했다.

유럽인들의 영토 확장에 대한 광기에는 파괴의 욕구가 숨어 있었다. 유럽 열강은 자유무역의 질서를 깨뜨렸을 뿐만 아니라 다른 국가를 공격적으로 대했다. 그러한 공격성은 뒤늦게 영토 확장에 뛰어든 나라에서 더 많이 드러났다.

30년 전쟁 이후 여러 개의 연방 국가로 쪼개져 있던 독일은 통일 이후에야 식민지 개척에 나설 수 있었다. 독일인들은 다른 유럽 국가들에 비해 독일이 늦게 식민지 개발에 뛰어들었으므로 더 좋은 위치에 있는 식민지를 차지해야 한다고 생각했다. 영국이나 프랑스에 비해 수백 년 뒤떨어진 것을 이제라도 만회해야 한다고 생각했던 것이다.

그러나 그때는 이미 유럽 각국의 식민지 정책이 한참 진행된 뒤라 독일이 차지할 수 있는 땅은 그리 많지 않았다. 게다가 가장 넓은 식민지를 가진 영국, 프랑스를 포함해 유럽의 어느 나라도 당시 가진 식민지에 만족하지 못했다. 식민지의 수가 늘어날수록 공장의 수도 늘어났고, 공장에서 생산되는 물건의 양이 많아질수록 더 많은 식민지가 필요했기 때문이다. 이미 세계의 대부분이 유럽의 식민지로 나뉘어져 있는 상황에서 새로운 식민지를 만들려면 유럽의 다른 나라와 싸우는 수밖에 없었다. 1차 세계대전은 이렇게 식민지 획득을 놓고 제국주의 열강들 사이에 벌어진 경쟁과 대립의 역사적 비극이었다.

그러나 1차 세계대전의 불씨는 치열한 식민지 개발 경쟁을 벌이던 영국이나 프랑스, 독일이 아닌 엉뚱한 곳에서 당겨졌나. 도나우 강변의 군주 국가였던 오스트리아에는 독일인과 헝가리인 외에도 체코인, 슬로바키아인, 루마니아인, 유태인, 폴란드인, 크로아티아인, 이탈리아인 등 여러 민족이 살고 있었다. 20세기 초 오스트리아는 이웃 나라 보스니아를 합병했는데 보스니아에는 이슬람교를 믿는 보스니아인과 동방정교회를 믿는 세르비아인, 가톨릭을 믿는 크로아티아인이 뒤섞여 팽팽한 긴장이 계속되고 있었다. 특히 세르비아인들은 세르비아 왕국의 독립을 주장하며 오스트리아에 강하게 반발했다.

1914년 6월 28일, 보스니아의 수도 사라예보를 방문한 오스트리아의 황태자 부부가 세르비아의 청년에게 암살당하는 사건이 일어나자 오스트리아 정부는 세르비아에 최후통첩을 했다. 그러자

러시아와 프랑스가 세르비아를 돕고 독일이 오스트리아를 편들면
서 1914년 8월 1일, 1차 세계대전이 시작되었다. 유럽이 주도하던
세계경제의 질서는 유럽 전체를 잿더미로 만든 전쟁으로 인해 하
루아침에 무너졌다.

불경기에 정부는
무엇을 해야 할까?

1929년의 대공황으로 세계적인 경제 위기가 오자 영국의
경제학자 케인스는 국가가 시장에 적극적으로 개입하여
공공투자를 늘리고 수요를 만들어야 한다고 주장했다.

기업이 많은 돈을 새로운 기계를 사는 데 투자하는 것은 기계를 사는 데 쓴 돈보다 더 많은 돈을 벌 수 있을 거라고 생각하기 때문이다. 그러나 어느 누구도 투자의 결과를 장담하지는 못한다. 고객이 원하는 바를 제대로 이해하지 못할 수도 있고 전쟁이나 자연재해처럼 생각하지 못한 일이 일어날 수도 있기 때문이다. 다행히 예상이 맞을 경우, 기업은 돈을 많이 벌어 그 돈을 다시 회사에 투자할 수 있다. 새로운 일자리가 생겨나고 원료를 공급하는

회사도 덩달아 성장한다. 기업의 성공적인 투자는 국가 경제 전체를 살찌운다. 그러나 투자가 실패하면 사업가는 큰 손해를 보게 된다. 직원들을 내보내야 하고 원료를 구입하기가 어려워지며 결국에는 회사 문을 닫아야 할 수도 있다.

사업이 성공하거나 성공하지 못하는 것은 기업가 한 사람에게 달린 문제가 아니다. 사업이 성공하려면 치밀한 사업 계획과 사업을 실행에 옮길 수 있는 자본과 물건을 사줄 돈을 가진 소비자가 있어야 한다. 그러나 이 모든 것이 늘 준비되어 있는 것은 아니다. 경제 상황은 좋을 때도 있고 나쁠 때도 있다. 경제 상황에 따라 기업의 이익과 손실도 파도가 이는 것처럼 늘어났다 줄어든다. 이런 경제의 활동 상태를 **경기**라고 한다.

경기는 경제와 관련된 자료들을 모으고 종합한 것으로, 경제가 어떤 상태인지를 보여준다. **호경기** 혹은 **호황**은 경제가 불이 붙듯이 활활 타오르는 상태를 말한다. 모든 기업의 경제활동이 활발해 수요와 공급이 늘고 새로운 일자리가 넘쳐 난다. 반대로 **불경기** 혹은 **불황**에는 경제활동이 침체되어 물가와 임금이 내려가고 생산이 위축되며 실업자가 늘어난다.

역사적으로 호경기와 불경기는 늘 반복되어 왔다. 경제가 회복될 시점에는 소비가 늘고 물가가 상승한다. 기업은 투자와 생산을 늘리고 호경기가 온다. 그러나 늘어난 생산을 소비가 따라가지 못하면 경기가 위축되기 시작한다. 점점 기업의 생산과 투자가 줄어들어 실업이 늘고 불경기가 온다.

20세기에는 끔직한 불경기가 여러 차례 있었다. 특히 1929년에 미국에서 시작된 **대공황**은 역사상 최악의 경제공황으로 기록되어 있다. 거의 모든 자본주의 국가가 대공황에 말려들어 1939년까지 그 여파가 이어졌다. 아직도 많은 사람들이 당시를 '세계경제의 위기'라고 기억할 만큼 수백만 명이 가난과 굶주림에 허덕였다.

경제공황은 1차 세계대전이 일어난 1914년 8월 1일부터 시작되었다고 볼 수 있다. 4년간의 처절한 전쟁으로 유럽 경제는 파탄이 났다. 1000만 명이 넘는 사람이 죽었고 벨기에와 프랑스 북부 지방의 공업 지대는 잿더미로 변했다. 패전국인 독일이나 오스트리아뿐만 아니라 승전국인 영국, 프랑스, 이탈리아 역시 오랜 불경기에 시달렸다. 자유무역과 금본위제도로 대표되던 유럽의 경제 질서는 전쟁과 함께 완전히 무너져 버렸다.

전쟁이 끝난 뒤 승전국들이 맺은 어리석은 강화조약은 불경기를 더욱 부추겼다. 1919년 1월에 영국, 프랑스 등의 승전국들은 프랑스의 베르사유궁전에 모여 강화회의를 열었다. 이 회의에서 독일은 해외의 모든 식민지를 잃고 알자스로렌 지방을 프랑스에게 넘겨주었으며 엄청난 액수의 전쟁 배상금을 떠안았다. 1320억 마르크의 전쟁 배상금은 아무리 노력해도 지불하기 어려운 큰 액수였다. 그런 상황에서는 어떤 나라도 경제를 회복해 배상금을 갚기 어려웠을 것이다.

베를린에 새로 구성된 독일 정부는 돈을 마구 찍어내는 것으로 배상금 문제를 해결하려고 했다. 그러나 시장에 갑자기 너무 많은 돈이 나오자 물가가 폭등하고 돈의 가치가 떨어졌다. 처음에는 환율이 떨어지자 수출이 늘어나 독일에 유리한 것처럼 보였다. 환율 차에 따라 외국에서 독일 제품의 값이 싸졌기 때문에 수출이 쉬워졌던 것이다. 또 외국 투자자들이 독일에 공장을 짓는 데 필요한 비용도 줄어들어 해외투자가 늘고 새로운 일자리가 생겨났다. 그러나 잠시 회복 기미를 보이던 독일 경제는 프랑스의 루르 지방 점령으로 다시 끔직한 상황에 빠져들었다.

독일이 승전국에 줘야 할 배상금의 지급이 늦어지자 1923년 1월 11일, 프랑스는 벨기에와 함께 독일의 최대 석탄 산지이자 공업 지대인 루르 지방을 점령했다. 독일 노동자들은 프랑스에 반발해 무기한 파업에 들어갔고, 독일 공업의 심장부인 루르 지방의 경제는 완전히 마비되었다. 독일 정부는 파업에 참가한 노동자들에게 생활을 유지할 수 있도록 돈을 주었는데, 이 때문에 더 많은 돈을 찍어내야 했다. 그러나 새로 찍은 돈으로 살 수 있는 물건이 많지 않았기 때문에 돈의 가치는 점점 떨어졌다. 돈의 가치가 바닥까지 떨어지자 물가가 걷잡을 수 없이 치솟아 **인플레이션**이 일어났다.

나중에는 돈의 가치가 시간마다 떨어져서 회사에서는 매일 아침 직원들에게 하루치 임금을 미리 줬다. 아침저녁 사이에도 돈의 가치가 절반으로 떨어졌기 때문이다. 사람들은 빵 한 조각을 사기

위해 돈을 손수레에 한가득 싣고 달렸다. 1923년 9월 26일, 독일 노동자들은 아무런 희망도 없는 루르 파업을 중단했다. 그러나 인플레이션은 계속되어 11월에는 1달러가 4조 2000억 마르크에 거래되었다.

끔찍한 인플레이션은 1923년에야 끝났다. 독일 렌텐 은행은 새로운 통화인 렌텐마르크를 발행해 1조 마르크를 1렌텐마르크로 바꾸어 주었다. 독일 경제는 가까스로 안정을 되찾았다. 국제적으로도 다시 신용을 얻어서 외국에 국채를 팔 수 있게 되었다. 그러나 인플레이션은 그 후로도 오랫동안 독일의 정치 경제에 영향을 미쳤다. 정부의 빚은 줄었지만 국민들이 국채나 저금, 보험 등으로 정부에 빌려준 돈도 함께 사라져버렸던 것이다.

새로운 화폐가 사용되기 시작한 지 6년이 지난 1929년, 독일은 다시 한번 세계적인 경제 위기의 소용돌이에 휘말렸다. 1929년 10월 24일, 미국 뉴욕의 증권거래소에서 벌어진 주가 폭락이 시작이었다. '검은 월요일'이라고 불리는 이 사건은 세계경제에 공황을 불러왔다. 주주들은 주식을 시장에 마구 내놓았고 주가는 계속 떨어졌다. 연말까지 미국의 주가는 본래의 3분의 1 수준으로 떨어졌다.

대공황의 원인은 무엇일까? 1차 세계대전이 끝난 1920년대 미국은 전례 없는 호황을 누렸다. 사람들은 라디오와 자동차를 샀고 전 재산을 주식에 투자했다. 주식 투자로 부자가 된 간호사나 광부의 이야기로 신문과 라디오가 매일같이 들썩였다. 미국의 주주들은 주가가 언제까지라도 계속 올라갈 거라고 믿었다. 300년 전 튤립 뿌리에 투기하여 큰돈을 벌려고 했던 네덜란드 사람들과 똑같은 실수를 저지른 것이다.

1929년, 주가 폭락이 시작되자 주식을 사기 위해 여기저기에서 돈을 빌렸던 많은 사람들이 한꺼번에 파산했다. 그들에게 돈을 빌려준 은행이나 개인 금융업자들도 연달아 망했다. 엄청난 수의 실업자가 매일같이 거리로 쏟아져 나왔지만 정부는 속수무책이었다. 1933년에 미국의 실업자 수는 전체 노동자 수의 4분의 1에 이르렀다. 세계 공업 생산량은 38퍼센트나 감소했고, 이로 인해 세계 무역량도 65퍼센트나 줄었다.

미국의 경제 위기는 순식간에 눈덩이처럼 불어나 세계경제에 심각한 타격을 주었다. 특히 독일에는 치명타가 되었다. 독일이 1차 세계대전의 승전국에 주어야 할 배상금을 미국 은행에서 빌렸기 때문이다. 경제공황과 함께 미국 은행들은 독일에 빌려준 돈을 일제히 거두어들이기 시작했다. 결국 1931년 5월, 오스트리아의 크레디트 은행이 문을 닫았다. 7월에는 독일의 다름슈타트 은행과 국립은행이 파산했다.

독일에는 본격적인 경제 재앙이 닥쳤다. 날마다 엄청난 수의 회사가 문을 닫았고 역사적으로 유례를 찾아볼 수 없는 많은 실업자가 생겼다. 1932년, 독일에서는 600만 명이 직장을 잃고 국가의 보조금을 받기 위해 노동부 앞에 줄을 섰다.

당시에 실업자가 된다는 것은 지금보다 훨씬 심각한 문제였다. 거의 모든 가족이 한 사람의 가장이 벌어 오는 돈에 의지해 살고 있었기 때문에 가장이 직장을 잃으면 온 가족이 생계에 위협을 받았다. 정부에서 지원하는 보조금은 매우 적었고, 경제 위기 상황에서는 평소보다 더 적었다. 또다시 악순환이 되풀이되었다. 사람들은 물건을 살 돈이 없었고 물건을 팔지 못한 가게는 문을 닫았다. 기업가들은 투자를 계속 미루었다. 경기는 끝없이 움츠러들어 심각한 불경기가 계속되었다.

세계적인 경제 위기 앞에 자유무역 체제는 간단히 무너졌다. 영국과 프랑스는 본국과 식민지를 하나로 묶어 '블록 경제권'을 만들었다. 식민지의 자원과 시장을 독점함으로써 경제 위기를 극복하려

한 것이다. 또 자국에서 만든 제품들을 외국에서 더 잘 팔기 위해 자기 나라 돈의 가치를 일부러 떨어뜨려 상품의 경쟁력을 높였다.

그러나 독일은 1차 세계대전 패배로 식민지를 모두 잃은 데다 승전국의 명령 때문에 환율을 낮출 수도 없었다. 독일의 마르크는 외국 화폐에 비해 점점 비싸져서 수출 길이 완전히 막혀 버렸다.

경제적 위기는 독일에 정치적 위기를 몰고 왔다. 경제적으로 벽에 내몰린 독일 국민들은 극단적인 민족주의와 국민 생활의 안정을 내건 히틀러의 국가 사회주의 독일 노동당을 선택했다. 흔히 나치스라고 불리는 국가 사회주의 독일 노동당은 공산주의와 민주주의를 모두 부정하고 독일 민족지상주의와 국가주의를 주장했다. 나치스는 게르만족이 가장 우수한 종족이기 때문에 다른 민족을 지배해야 하며, 가장 열등하고 해로운 민족인 유태인은 격리하거나 없애야 한다고 주장했다. 나치스는 중산층과 중소 농민층을 비롯해 공산당의 진출을 두려워한 자본가와 군대의 지지를 얻어 큰 힘을 발휘하게 되었다.

1933년 1월 30일, 나치스의 당수 아돌프 히틀러가 독일 수상이 되어 독재 체제를 확립했다. 독일 국민들은 히틀러가 경제적 위기를 해결해 주기를 간절히 바랐다. 그러나 히틀러는 독일 역사에 가장 비극적인 오점을 남기고 2차 세계대전이 막을 내린 1945년 5월 8일에 물러났다.

히틀러의 등장을 꼭 경제 위기 탓으로만 돌릴 수는 없다. 유럽의 다른 나라들도 마찬가지로 경제적인 어려움을 겪었지만 히틀러 같은 정치가가 권력을 잡지는 않았다. 그러나 경제적 위기가 없었다면 히틀러와 나치스가 그렇게 막강한 권력을 거머쥘 수는 없었을 것이다.

세계적인 대공황을 겪으면서 경제학자들은 수요와 공급을 시장의 자유경쟁을 통해 조절되도록 내버려 두어서만은 안 된다고 결론 내렸다. 지금까지와는 완전히 다른, 새로운 경제정책이 필요했다. 영국의 경제학자 존 메이 드 케인스(1883년~1946년)는 자유방임주의의 문제점을 강하게 비판하며 경제공황을 벗어나기 위해서는 국가가 시장에 개입하여 공공투자를 늘리고 수요를 만들어야 한다는 **수정자본주의**를 주장했다.

1883년에 영국의 대학 도시 케임브리지에서 태어난 케인스는 시대를 앞서간 천재였다. 1919년, 케인스는 파리에서 열린 강화회의에 영국 대표단의 일원으로 참석했다. 하지만 독일에 대한 무리한 전쟁 배상금 요구가 큰 경제적 재앙을 불러올 것을 우려해 곧 대표직에서 물러났다. 그 후 케인스는『강화조약으로 인한 경제적 후유증』이라는 책을 써서 엄청난 반응을 불러일으켰다. 케인스는 경제공황 중에도 연구를 계속해 1936년에『고용, 이자 및 화폐의 일반 이론』이라는 책을 발표했는데, 이 책은 경제학의 고전이 되었다.

그때까지만 해도 경제학자들은 실업으로 인한 경제 위기는 그냥 놔두면 언젠가 저절로 해결되는 것이라고 생각했다. 임금이 더 내려갈 수 없을 정도로 내려가면 기업이 다시 직원을 고용하게 된다고 본 것이다. 또 은행의 이자가 계속 내려가면 언젠가는 기업이 은행에서 돈을 빌려 새로운 기계를 사거나 투자를 늘린다고 생각했다.

케인스는 그런 이론이 대개는 맞지만 항상 맞는 것은 아니라고 말했다. 아무리 임금이 낮아지고 은행의 이자가 싸져도 기업이 임금과 이자가 앞으로도 계속 내려갈 거라고 생각하면 직원도 채용하지 않고 새 기계도 구입하지 않을 수 있다는 것이다. 그렇게 되면 경기가 다시 좋아질 계기는 영원히 생기지 않을 수도 있었다. 케인스는 그런 치명적인 상황을 벗어나려면 정부가 손을 써야 한다고 주장했다. 그는 필요한 경우에는 정부가 돈을 빌리고 투자를 하고 시장의 수요를 만들어내서 기업이 생산을 계속할 수 있게 해주어야 한다고 말했다.

케인스는 정부가 국민 개개인과 정반대로 행동해야 한다고 생각했다. 다시 말해 불경기에는 돈을 더 많이 쓰고, 호경기에는 적게 써야 한다는 것이다. 그렇게 정부가 경기 흐름에 반대되는 조치를 취함으로써 시장의 안정을 되찾고 미래의 불경기를 막을 수 있다는 것이 케인스의 주장이었다.

2차 세계대전이 끝난 뒤 전 세계는 케인스 이론에 따른 경제정책으로 위기를 극복해 나갔다. 1933년에 미국의 대통령에 취임한 프랭클린 루스벨트(1882~1945년)는 대공황을 끝내기 위해 **뉴딜 정**

책을 시행했다. 그는 정부 주도하에 대대적인 도로 공사와 댐 공사를 벌여 길거리에 나와 있던 많은 실업자를 고용하며 미국 경제의 회복을 이끌었다.

계획경제는
왜 실패했을까?

사회주의 국가들은 계획경제를 통해 자본주의 경제의 문제점을 해결하려고 했다. 그러나 공산당에 의한 획일적인 경제정책은 국민들의 근로 의욕을 떨어뜨려 사회주의 몰락의 원인이 되었다.

러시아는 1차 세계대전에서 영국, 프랑스와 함께 독일에 맞서 싸워 승전국이 되었다. 그러나 전쟁이 끝난 후에도 러시아는 여전히 가난한 후진국에 머물러 있었다. 수백 년 전 그대로 '차르'라는 전제 군주의 지배를 받던 러시아 농민들의 삶은 비참하기 짝이 없었다. 그래서 1차 세계대전에 나선 러시아 군대는 처음부터 의욕이 없었고, 1917년 초만 해도 러시아는 패색이 짙었다. 독일과 오스트리아 연합군은 러시아 영토 깊숙이까지 침입해 들어왔다. 러시아 병사들은 자기들이 무엇을 위해 싸워야 하는지 이해하지 못한 채 어서 평화가 오기만을 간절히 바랐다.

전쟁이 장기화되면서 러시아 국내의 정치 상황도 악화되어 1917년 3월, 러시아의 수도 페트로그라드(지금의 상트페테르부르크)에서 혁명이 일어났다. 이 혁명으로 황제 니콜라이 2세가 쫓겨나고 영국, 프랑스, 미국의 민주주의를 따르는 세력이 권력을 차지했다. 케렌스키가 이끄는 자유주의 임시정부는 개혁을 단행하는 한편 서유럽 강대국의 편에 서서 전쟁을 계속하려고 했다. 그러나 경제가 바닥에 이르자 러시아 국민은 그들을 외면했다.

1917년 10월, 니콜라이 레닌(1870년~1924년)이 러시아 공산당인 볼셰비키를 이끌고 무력 혁명을 일으켜 권력을 잡았다. '10월 혁명'이라고 불리는 이 혁명 이후 러시아는 근본적으로 변화했다. 러시아제국은 '소비에트사회주의공화국연방'의 중심이 되어 공산당의 지배를 받게 되었다. 소비에트사회주의공화국연방, 즉 소련은 카를 마르크스의 이념에 따라 '무계급 사회' 건설을 내세웠다.

그러나 레닌과 볼셰비키 당은 10월 혁명 후에도 과거의 질서를 되찾고 싶어 하는 황제의 추종자와 민주주의자, 외국의 군대에 오랫동안 맞서 싸워야 했다. 1924년에 레닌이 죽자 이오시프 스탈린(1879년~1953년)이 권력을 잡고 공포정치를 실시해 수백만 명의 목숨을 빼앗았다. 그때 희생된 사람들 중에는 10월혁명을 이끈 사람들도 포함되어 있었다.

레닌은 이상적인 사회주의 경제의 모습을 이렇게 설명했다.

"무장한 프롤레타리아의 통제 아래에서 기술자, 감독관, 경리 책임자 같은 모든 관리직 직원들이 노동자의 임금보다 더 높은 임금을 받지 않게 하는 것이 사회주의 경제의 기본 정신이다."

레닌은 또 이렇게 주장하기도 했다.

"모든 국민은 국가 체제 안에서 임금을 전혀 받지 않고 일하는 노동자로 바뀌어야 한다."

이에 따라 1917년 12월에 러시아 은행이 국가 소유가 되었다. 이어 다른 산업 시설들도 모두 나라의 재산이 되었으며 노동자 위원회는 농부에게서 농산물을 압류했다. 상품은 시장에서 거래되는 대신 배급제로 공급되었다. 노동자들은 임금을 돈이 아닌 농산물로 받았다. 러시아 공산당은 국민을 중앙의 지시에 따라 움직이는 군인처럼 대했다. 하지만 그러한 **전시공산주의**를 경제에 도입한 결과 러시아의 경제 상황은 급격히 나빠졌다.

1921년, 레닌은 급격한 공산화 정책을 완화하고 **신경제정책**으로 경제적 어려움을 극복하려 했다. 시장이 다시 문을 열었고, 농부와 수공업자들은 공산당이 허용하는 범위 안에서 제한적으로 경제활동을 하게 되었다.

하지만 레닌의 신경제정책은 공산주의 이론에 모순되는 것이었다. 러시아 공산당은 이런 모순 때문에 권력을 잃게 될까 봐 불안에 떨었다. 스탈린은 공포정치로 이 문제를 해결했다. 스탈린은 농민들을 국가에서 운영하는 집단 농장 '콜호스'로 강제 이주시켰다. 모두 1800만 명이 스탈린의 강제 이주 정책에 따라 사는 곳을 옮겼으며, 이주에 반대한 많은 사람들이 목숨을 잃었다. 특히 시베리아로 보내진 사람들 중에는 추위와 굶주림으로 죽은 사람이 많았다. 이 정책으로 대략 100만 명이 목숨을 잃었다.

1928년에 스탈린은 '소련 경제를 위한 5개년 개발 계획'을 발표하고 **계획경제**를 실시했다. 중앙의 공산당 정부에서 모든 생산 업체의 노동자가 해야 할 일을 지시했다. 스탈린은 철강 산업을 비롯한 중공업과 전쟁에 필요한 군수공업을 키워 러시아 경제를 끌어올리는 데 성공했다. 농업 부문이 파탄 나고 섬유나 식품 산업 같은 경공업이 설 자리를 잃는 등 희생이 따르기는 했지만 경제 위기에 허덕이던 러시아는 계획경제를 택한 후 빠르게 발전했다. 스탈린의 위상은 높아졌고, 공산주의는 러시아의 국경을 넘어 다른 나라에서도 주목을 받게 되었다.

2차 세계대전에서 영국, 프랑스와 연합하여 독일에 승리한 스탈린은 동유럽에 공산주의를 강요하며 유럽과 아시아로 팽창을 시도했다. 1949년, 2차 국공내전에서 승리한 중국 공산당도 러시아의 제도를 따랐다. 2차 세계대전에서 패배한 독일은 동서로 분단되어 1949년 동독에는 러시아의 보호를 받는 독일민주공화국이 세워졌다. 이에 미국을 중심으로 한 민주주의 국가들이 공산주의에 대항하면서 20세기는 민주 진영과 공산 진영 사이에 냉전 체제가 이루어졌다.

그러나 20세기 말, 사회주의는 몰락했다. 러시아와 그 동맹국들은 자본주의사회의 발달 속도를 따라잡지 못했다. 동유럽의 경제는 점점 어려워져 사람들은 온갖 방법을 다 해 서쪽으로 넘어가려고 했다. 1985년 러시아 공산당의 마지막 총서기가 된 미하일 고르바초프는 무력으로 공산주의를 더 이상 지킬 수 없다는 것을 깨닫고, 시장경제로의 전환을 꾀하며 개방정책을 선언했다. 이어 1989년 11월 9일에는 동독과 서독을 나누고 있던 베를린 장벽이 무너졌다. 이로써 사회주의는 완전히 사라졌다.

대부분의 경제학자들은 사회주의의 몰락에 대해 그리 놀라지 않았다. 학자들은 오히려 사회주의가 몰락하기까지 그렇게 오랜 시간이 걸렸다는 데 놀라워했다.

사회주의의 계획경제는 사람들에게서 일에 몰두할 수 있는 의욕과 동기를 빼앗았다. 계획경제를 주관하는 관청이 개인이 할 일을 미리 정해 주고, 일한 만큼

보상받지 못하는 상황에서는 아무도 힘들게 일하려 하지 않았다. 사회주의 국가에서 생산 업체의 책임자는 언제나 중앙 본부를 속이려고 했다. 생산 업체의 책임자가 공장에 남아 있는 원료의 양과 공장의 기계가 만들 수 있는 양을 실제보다 적게 상부에 보고하면 상부에서는 그에 따라 목표량을 적게 정해주었다. 그러면 책임자와 그 공장에서 일하는 노동자들은 모두 편안히 지낼 수 있었다. 힘들게 일하지 않아도 아무 문제 없었고, 심지어는 생산품을 개인 용도로 빼돌리는 일도 흔했다.

사회주의의 계획경제에 대해 폴란드의 한 노동자는 "공산주의자들은 마치 우리에게 돈을 줄 것처럼 행동하고, 우리는 마치 일을 하고 있는 것처럼 행동한다."라고 말하기도 했다.

더구나 계획경제를 주관하는 관청은 실생활과 너무 거리가 먼 정책을 내놓았다. 새로운 기계의 도입이나 제품의 생산과정, 소비자의 기호 변화에 대한 정보는 중앙 관청의 책임자가 아무리 노력해도 제대로 수집하기 어려웠다. 시장경제에서는 그러한 정보들이 가격에 나타나기 때문에 기업가들은 그에 따라 회사를 경영할 수 있었다. 예를 들어 여자들이 녹색 블라우스보다 빨간색 블라우스를 선호하면 녹색 블라우스는 재고로 남게 되고, 옷 가게는 그것을 헐값에 넘기려고 할 것이다. 그러면 직물 공장에서는 녹색 천보다 빨간색 천을 더 많이 만든다. 하지만 계획경제에서는 가격이 고정되어 있어 그런 정보를 얻을 수가 없었다.

러시아를 비롯한 사회주의 국가들은 중공업 우선 정책과 집단 농장, 강력한 사회통제 등의 계획경제를 통해 전쟁으로 인한 피해와 사회 혼란을 막고 경제성장을 이루는 데 성공했다. 그러나 공산당과 중앙정부에 의해 모든 경제계획이 수립되는 사회주의 체제는 빈부 격차 같은 자본주의 문제점의 일부분을 개선했을 뿐, 근본적인 해결책이 되지는 못했다. 오히려 정부의 획일적인 경제정책은 국민들의 근로 의욕을 떨어뜨리고 국민 생산력을 감소시켜 자본주의 국가와의 생활 수준을 더 크게 벌일 뿐이었다.

라인강의 기적을 이룬
시장경제의 힘

두 번의 세계대전 패전 후 독일이 이룬 기적 같은 경제성
장의 뒤에는 경제개혁을 통해 독일에 자유 시장 경제 체제
를 뿌리내린 에르하르트의 공이 숨어 있다.

전쟁이 끝난 1945년, 독일의 경제 상황은 비참과 혼란 그 자
체였다. 1000만 명이 넘는 난민이 떠돌아다녔고 전체 건물
의 40퍼센트가 파괴되었으며 국민의 60퍼센트가 영양실조에 시달
렸다. 승전국인 미국, 영국, 프랑스, 러시아는 독일을 나누어 점령
했다. 미국, 영국, 프랑스가 점령한 서독에서 러시아가 점령한 동
독으로 여행하려면 통행증이 있어야 했다.

경제는 바닥을 헤맸고 사람들은 굶주림과 추위에 시달렸다. 가

게는 텅 비어 식량이나 생필품을 구하려면 암시장에 가거나 다른 사람의 것을 훔쳐야만 했다. 정부의 강력한 경제정책 없이는 경제를 다시 일으켜 세울 수 없을 것 같았다.

동독을 점령한 러시아는 농산물과 산업 시설을 국가 소유로 만들고 계획경제를 실시했다. 물자가 부족하고 시장이 혼란한 상황이어서 국가가 경제를 통제하고 조종해야 한다는 주장이 설득력 있게 들렸다.

그러나 독일의 경제학자들은 국가가 이끄는 계획경제에 반발했다. 그들은 계획경제로는 잿더미로 변한 독일의 경제를 결코 살려낼 수 없다고 생각했다. 정부는 경제에 가능한 한 개입하지 않아야

하지만 이런 상황에서는 정부가 나서서 시장경제가 자리 잡을 수 있도록 노력해야 할 필요가 있었다. 당시 독일의 기업들은 카르텔을 맺고 제품의 가격이나 생산량을 제멋대로 결정해 시장에서 막강한 권력을 행사하고 있었다. 정부는 이러한 기업의 담합을 막고 1923년과 같은 인플레이션이 일어나지 않도록 돈의 가치를 보존해야 했다.

이와 같은 경제정책을 주장한 경제학자들 중 가장 유명한 사람이 루트비히 에르하르트(1897년~1977년)이다. 2차 세계대전이 끝나고 연합국의 영국과 미국은 에르하르트를 서독의 경제 책임자로 임명했다. 에르하르트는 경제 책임자의 자리에 오르자마자 화폐개혁을 실시했다. 나치스가 전쟁 중심으로 경제정책을 펴는 동안 옛독일제국 마르크의 가치는 형편없이 떨어져 있었다. 살 물건은 없는데 너무 많은 돈이 유통되고 있어 하루빨리 새로운 화폐를 도입해야 했다. 이때 만들어진 새 화폐가 독일 마르크이다.

1948년 6월 20일, 서독 국민들은 정부로부터 최초의 거래를 위해 1인당 40마르크씩 지원금을 받았다. 새로운 화폐를 처음 사용하게 된 6월 21일 아침, 서독 사람들은 눈이 휘둥그레졌다. 어제만해도 텅 비어 있던 가게에 물건이 가득 차 있었다. 햄, 구두, 밀가루, 양복, 양말 등 수년 동안 구할 수 없었던 물건들이 가게에 진열되어 있었다. 돈의 가치가 되돌아오자 사람들이 새롭게 사업을 일으켰던 것이다.

그러나 가게 선반에 물건이 가득 찬 것이 단지 새로운 돈 때문만은 아니었다. 에르하르트는 독일이 전쟁 중 실시한 계획경제, 강제경제, 전시경제를 포기하면 더 빠르게 경제를 회복할 수 있을 거라고 생각했다. 그래서 새로운 독일 마르크가 분배되기 전날, 화폐개혁과 함께 식료품, 연료 배급에 대한 법률과 가격 및 경제통제에 관한 규정의 대부분을 없애는 경제개혁을 단행했다. 독일 경제가 정부의 계획이 아니라 시장에서 경쟁을 통해 거듭나야 한다는 생각에서였다. 경제개혁과 함께 이루어진 화폐개혁은 매우 성공적이었다.

에르하르트의 화폐와 경제개혁 조치를 전혀 모르고 있었던 연합국은 불만을 터뜨렸다. 연합국의 클레이 장군은 에르하르트를 불러 경제 규제 조치를 바꾸기 위해서는 연합국의 승인을 받아야 하는데 왜 그러한 절차를 밟지 않았냐고 따졌다. 에르하르트는 이렇게 대답했다.

"경제 규제 조치를 바꿀 때는 연합국의 승인을 받아야 하는 것이 맞습니다. 하지만 이번에 제가 한 것은 경제 규제 조치를 바꾼 게 아니라 아예 없애 버린 거거든요."

이렇게 2차 세계대전 후, 독일 경제가 오늘날과 같이 성장한 데에는 에르하르트의 공이 숨어 있다. 독일에서 자유 시장 경제가 자리 잡을 수 있었던 것은 모두 에르하르트 덕분이라고 해도 과언이 아니다.

사실 에르하르트는 200년 전, 애덤 스미스가 『국부론』에서 주장한 내용을 실행에 옮겼을 뿐이다. 자유경쟁 시장에는 '보이지 않는 손'이 있어서 최대의 이익을 얻고자 하는 개개인의 노력이 사회에 이득이 된다는 것이다.

그러나 처음에 독일 국민들은 에르하르트의 정책에 동의하지 않았다. 갑자기 커진 구매력과 그동안 억눌려 있던 구매 욕구가 한꺼번에 터지면서 물가가 상승했던 것이다. 1948년 11월에는 전국 노동자들이 에르하르트의 정책에 반대해 파업을 선언하기도 했다. 그러나 에르하르트는 독일에 자유 시장 경제가 뿌리내릴 수 있도록 자신의 정책을 계속 밀고 나갔다. 1957년 그는 연방의회에서 공업 단체들의 격렬한 반대에도 자유경쟁을 제한하는 법을 없애고 연방 카르텔 관청을 만들었다. 기업끼리 담합하여 가격이나 생산량을 정하는 카르텔은 법으로 엄격하게 금지되었으며, 카르텔 관청은 대기업들의 카르텔 형성을 감시했다.

에르하르트가 맞서 싸운 것은 독일 사회에 오랫동안 내려오던 편견이기도 했다. 19세기 말까지만 해도 독일의 정치가들은 공업과 농업을 경쟁에서 보호하려고 했다. 그들은 경쟁이 해로운 것이라고 보고 국가가 경제를 주관해야 한다고 주장했다. 정치가들은 그 대가로 공업 단체와 농업 단체에서 많은 지원을 받았다. 석탄 산업, 철강 산업, 화학 산업의 기업가들은 가격을 서로 협상하여 결정하고, 카르텔을 이루어 경쟁 체제를 무너뜨렸다.

에르하르트는 올바른 경제 질서를 독일에 뿌리내렸다. 그 결과 독일 경제는 빠르게 성장해 독일 국민들은 식료품을 충분히 구할 수 있었고 가구, 세탁기, 텔레비전, 자동차를 살 수 있었으며 여행도 떠날 수 있게 되었다.

두 번의 세계대전 패전 후 독일이 이룬 놀라운 경제성장은 **라인강의 기적**이라고 불릴 정도로 눈부셨다. 하지만 에르하르트는 기적이라는 말에 동의하지 않았다. 그것은 기적이 아니라 자유 시장 경제 체제 아래 이루어진 경쟁의 힘이었기 때문이다.

경제기구는
어떤 역할을 할까?

2차 세계대전 이후 세계 각국은 국제통화기금과 국제부흥
개발은행 같은 경제기구를 세우고, 관세무역일반협정을
맺는 등 새로운 경제 질서를 구축해 나갔다.

독일 경제가 빠르게 일어설 수 있었던 데에는 에르하르트의 경
제정책 외에도 미국, 영국, 프랑스 등 승전국의 노력이 있었다. 승
전국들은 1차 세계대전 이후 극심한 불황을 불러온 패전국에 대한
무리한 배상금 요구 같은 실수를 되풀이하지 않았다. 오히려 미국
을 중심으로 패전국에 대한 경제 재건 정책을 실시했다.

1947년, 미국의 국무 장관 조지 마셜(1880년~1959년)은 전쟁으
로 파괴된 유럽의 경제를 복구시키기 위한 획기적인 계획을 발표

했다. 2차 세계대전이 끝났을 때 패전국인 독일뿐만 아니라 승전국인 영국과 프랑스도 전쟁으로 거의 모든 것을 잃은 상태였다. 미국은 이들 국가들이 동유럽처럼 러시아의 영향을 받아 공산화되지 않을까 걱정했다. 그래서 서유럽 국가들에 대한 대규모 경제 지원을 담은 **마셜플랜**을 발표했다. 미국은 유럽 16개국을 대상으로 총 130억 달러 이상을 지원했으며, 30만 명 이상의 유럽인을 미국 국민으로 받아들였다. 마셜플랜으로 서유럽 국가들은 경제적으로 자

립할 수 있는 발판을 마련했다.

2차 세계대전 이후 유럽과 미국은 세계경제의 침체와 세계대전의 원인이 보호무역주의와 관계있다고 보고 자유무역을 위한 새로운 경제 질서를 구축하기 위해 여러 가지 노력을 기울였다.

1944년에는 미국의 뉴햄프셔주에 있는 작은 휴양지 브레턴우즈에 연합국 대표들이 모여 새로운 통화 기준을 결정하고 국제통화기금(IMF)과 국제부흥개발은행(IBRD) 같은 경제 기구를 세우는 데 합의했다. 어떤 나라가 다른 나라에 진 빚을 갚지 못하거나 국제 분업에 참여하지 못하더라도 세계경제에 치명적인 위협이 되지 않도록 한 것이다.

국제통화기금(IMF)은 빚을 갚지 못해 어려움을 겪고 있는 나라가 이를 스스로 해결할 수 있도록 구제금융을 지원해주기 위해 만들어졌다. 한 나라가 외국에서 빌린 돈을 갚을 능력을 잃었을 경우, 파산을 선언하는 대신 국제통화기금에 도움을 요청하면 국제통화기금은 일정한 조건을 제시하면서 도움을 준다.

국제부흥개발은행(IBRD)은 1946년, 유럽 각국의 전쟁 피해 복구와 경제 개발을 위해 세워졌다. 최근에는 아시아와 아프리카, 남아메리카에 있는 개발도상국의 공업화를 위해 자금을 지원하고 기술 발전을 도와주고 있다.

한편 각 나라가 높은 관세나 수입 금지로 자기 나라 시장을 보호하는 것을 금지하는 조치도 속속 마련되었다. 1947년, 스위스 제네바에 각국 대표가 모여 관세를 없애기 위한 **관세무역일반협정**을 맺었다. 제네바관세협정, 가트(GATT)라고도 부르는 이 협정에 가입한 나라들은 다른 나라의 상품에 지나치게 높거나 낮은 관세를 부과할 수 없게 되었다. 외국 제품도 일단 수입되고 나면 자국 제품과 똑같은 취급을 받게 하자는 취지에서였다. 그 결과, 1948년 이후 국제무역 거래의 규모가 빠르게 성장했다.

이와 함께 유럽에서는 정치적, 경제적으로 통일을 이루려는 움직임이 활발히 일어났다. 2차 세계대전 이후 세계경제에서 유럽의 역할이 줄어들고 미국의 지배력이 강해진데다 공산주의에 대한 공포가 커지면서 유럽 사람들은 새로운 형태의 협조 체제가 필요하다고 생각했다. 먼저 1950년에 서유럽 국가들 사이에 수입과 수출 대금을 쉽게 계산하기 위한 '유럽지불동맹'이 창설되었다. 1958년에는 독일, 프랑스, 네덜란드, 벨기에, 룩셈부르크, 이탈리아 대표들이 로마에 모여 유럽연합의 준비 과정이라고 할 수 있는 **유럽경제공동체** 조약에 서명했다. 1973년에는 영국, 아일랜드, 덴마크가 새로 가입하였고 가입국들 사이에는 자유로운 수출입을 꾀하고 농업 정책을 공동으로 추진했다.

이러한 노력을 통해 서유럽과 미국은 경제적으로 크게 성장했다. 1970년대 서유럽과 미국에서는 실업 문제가 완전히 사라졌다. 오히려 부족한 노동력을 보충하기 위해 많은 해외 노동자들을 데려와야 했다. 독일에는 이탈리아, 에스파냐, 세르비아, 튀르키예에서 많은 노동자들이 이주해 왔으며 여러 가지 법률이 제정되어 이민 노동자들의 사회 적응을 도왔다.

이렇게 경제적으로 안정을 이룬 자본주의 국가들은 '복지국가'로 변화를 시도했다. 가장 성공적인 복지국가는 스웨덴이었고, 두 번의 세계대전의 패전국인 독일 역시 성공적으로 사회복지를 이루었다.

복지 정책 때문에
세금이 늘어난다면?

20세기 후반 들어 정부의 복지 정책 때문에 국민의 세금 부담이 계속 늘어나자 국가가 모든 국민을 '요람에서 무덤까지' 보호한다는 복지국가의 이상은 외면당하고 말았다.

두 번의 세계대전이 끝난 뒤, 서유럽 국가들과 미국은 빈곤에 시달리는 국민들에게 최소한의 삶의 조건을 보장해 주기 위해 전보다 훨씬 많은 돈을 썼다.

과거에도 가난한 사람들을 위한 복지 정책이 없었던 것은 아니다. 산업혁명 이전에는 성직자나 부자들이 가난한 사람들을 돌보았다. 특히 부자들은 재산과 권력을 지키기 위해 가난한 사람들에게 자선을 베풀었다. 역사 속에서 가난과 굶주림은 언제나 폭동과

혁명의 원인이 되었기 때문이다.

1517년부터 1523년까지 야콥 푸거 2세는 세계 최초의 사회복지 시설인 '푸거라이'를 세웠다. 아우크스부르크에서 태어난 사람들 가운데 가톨릭 신자이면서 빚이 없는 사람은 일 년 임대료로 1굴덴을 내고 푸거라이에 있는 147개의 숙소 가운데 하나를 배정받아 살 수 있었다.

정부가 나서서 사회복지를 실시한 최초의 나라는 19세기 말의 독일제국이었다. 당시 독일제국의 총리였던 오토 폰 비스마르크(1815년~1898년)는 나라를 안정시키기 위해 노동자들이 사회주의 노동조합에 가입하는 것을 금지하는 대신 노동자들을 보호하는 사회복지 법률을 통과시켰다. 1883년, 제국 의회는 노동자들을 위한 의료보험법을 제정했다. 1884년에는 재해 보험법이 만들어졌으며 1889년에는 노인과 장애인을 위한 보험 제도인 연금제도가 실시되었다. 연금제도는 월급의 일정 부분을 노동자와 고용주가 함께 부담해 적립하도록 한 것이다. 비록 연금은 일흔 살 이후에나 받을 수 있었고 연금액도 살아가는 데 큰 도움이 되지 않는 적은 액수에 불과했지만 이런 제도가 만들어졌다는 자체가 사회적으로 큰 의미가 있었다.

2차 세계대전 이후에는 다른 나라들도 독일처럼 사회복지 정책을 실시했다. 정치가들은 사회복지를 통해 20세기 전반에 있었던 경제 위기와 공산주의, 두 차례의 세계 전쟁 같은 재앙을 방지하려

고 했다. 미국과 서유럽의 여러 나라들은 국민의 복지 증진을 국가
의 가장 중요한 목표로 보고 각종 사회보장제도와 최저임금제 등
의 복지 정책을 폈다. 그들이 보기에 복지국가는 자본주의의 장점
을 유지하면서 빈부 격차와 국민 생활의 불안을 해결할 수 있는 가
장 이상적인 국가의 모습이었다.

　1950년부터 1983년 사이 서유럽에서 사회복지 예산이 국민총생
산에서 차지하는 비율은 9퍼센트에서 25퍼센트로 늘어났다. 독일
에서는 1957년에 대대적인 연금 제도 개혁이 실시되어 노동자의
수입에 따라 연금액이 결정되었다. 곧 연금액은 노동자들의 실질
임금 액수만큼 커졌다. 노동자들이 세금과 보험료 등을 제외하고

실제로 받는 임금의 총액만큼 연금액이 많아진 것이다.

국민 복지라는 말은 스웨덴에서 처음으로 생겨났다. 스웨덴은 유럽의 중심에서 멀리 떨어진 스칸디나비아 반도에 위치한 나라지만 사회복지에 있어서만은 수년간 유럽 여러 나라에 모범이 되었다. 스웨덴의 사회복지 예산이 국민총생산에서 차지하는 비율은 33퍼센트에 이르러 전 유럽에서 최고 수치를 자랑한다.

스웨덴은 19세기 중반까지만 해도 많은 국민들이 어려운 경제 사정을 비관해 미국으로 이주할 만큼 가난한 농업 국가였다. 그러나 이후 현실과 맞지 않는 법 조항을 과감히 폐지하고, 목재와 철강 같은 국내 천연자원의 수출을 통해 산업의 현대화를 이루었다. 1867년에는 유명한 화학자 알프레드 노벨(1833년~1896년)이 다이너마이트를 발명해 국제적인 기업 '노벨 다이너마이트 트러스트'를 세우면서 경제가 크게 성장했다. 이러한 경제성장을 바탕으로 스웨덴 정부는 사회 개혁 조치를 단행했다.

스웨덴의 복지 정책은 1932년, 사회민주당이 선거에서 승리하면서 본격화되었다. 사회민주당은 다른 사회주의 정당과 달리 중도적인 입장을 취했다. 그들은 기업의 자본주의를 지지하는 동시에 노동자의 완전고용을 추구했다. 특히 모든 국민을 위한 '기본 연금 제도'와 '어린이 양육비 지급 제도'는 스웨덴 사회복지 제도의 핵심이다. 이 두 가지 정책은 23년간 스웨덴을 통치한 전설적인 수상 타게 에를란더(1901년~1985년)에 의해 법으로 제정되었다.

이후 스웨덴에서는 가난하거나 어려움에 처한 국민들에게 보조금을 지급하는 수준을 뛰어넘어 모든 국민이 **요람에서 무덤까지** 국가의 보호를 받을 수 있게 되었다.

많은 나라들이 스웨덴의 국민 복지 정책을 따랐다. 그들은 사회복지의 실현을 통해 실업 문제나 빈부 간의 격차, 계급 간 불평등을 없애고 자본주의의 좋은 점만을 이용할 수 있을 거라고 생각했다.

그러나 1970년대에 들어서면서부터 사회복지 정책은 유럽 경제에 큰 부담으로 작용하기 시작했다. 많은 정치가들이 정부의 사회복지 예산이 누군가에 의해 계속 모이고 쌓여야만 지출이 가능하다는 것을 잊고 있었다. 부자들에게만 의지하기에는 그 비용이 너무 컸다.

국가의 사회복지 예산은 주로 평균 임금을 벌어들이는 중산층에 의해 만들어졌다. 따라서 정부에서 사회복지 정책을 추가할 때마다 중산층이 국가에 납부해야 하는 세금도 점점 늘어났다. 노동조합은 고용주들에게 임금 인상을 요구했지만 임금 인상 금액의 대부분은 사회복지 예산을 위한 세금으로 빠져나가 실제 근로자가 받는 금액은 얼마 되지 않았다.

한편 사회복지 제도의 시행으로 일을 할 때나 일을 하지 않을 때나 국민들의 생활에는 큰 차이가 없어졌다. 그러자 일을 하지 않아도 일을 할 때와 비슷한 액수의 돈을 국가로부터 받을 수 있는데 군이 힘든 일을 할 필요가 없다고 생각하는 사람들이 생겨났다. 국가에서 제공하는 복지 정책이 국민들을 무력하게 만드는 원인이 된 것이다. 정부는 국민들의 물질적인 어려움을 덜어주었지만 각자가 짊어져야 할 책임까지 가져가버렸다. 점점 복지국가의 이상은 외면당했고 사회복지 정책의 범위도 줄어들었다.

또 국가의 통제가 강한 복지국가에서 시장경제는 위기 상황에 대처하는 능력을 잃었다. 1973년 석유 가격이 상승하자 서유럽과 미국 전역에서 일자리가 빠르게 줄었다. 2차 세계대전 이후 모습을 감췄다고 생각했던 대량 실업 사태가 다시 시작되자 복지 정책을 표방하던 나라들은 사회복지에 지출했던 비용을 줄일 수밖에 없었다.

1979년 영국의 수상이 된 마거릿 대처는 경제 발전을 위해 노동조합의 힘을 약화시키고 국영기업을 민영화하고 복지 정책을 포기했다. 뉴질랜드도 1980년대에 사회복지 정책의 개혁을 단행했다. 스칸디나비아 반도 국가들 역시 1990년 이후 일부 복지 정책을 포기했다. 21세기 초에는 독일에서도 영국과 비슷한 조치가 이루어졌다. 궁핍한 상황에 처한 국민을 효과적으로 보호하면서 국민들의 노동 의욕을 떨어뜨리지 않는 방법을 찾기란 쉽지 않았던 것이다.

최고 경영자의 월급은
얼마일까?

20세기 들어 경영자의 책임이 막중해지면서 경영컨설턴
트와 전문 경영인이라는 새로운 직업이 생겨났다. 이들은
많은 돈을 받는 대신 기업이 최고의 결과를 낼 수 있도록
기업의 경영을 책임졌다.

마빈 바우어는 기업 경영에 관해 전문적인 의견이나 조언을
말해 주는 '컨설턴트'라는 직업의 기초를 다졌다. 그는
1930년에 하버드대학 경영대학원을 졸업하고 미국 오하이오주 클
리블랜드에서 변호사가 되었다. 그의 전문 분야는 사업 실패로 부
도 처리된 회사의 자산을 정리하는 일이었다. 마빈 바우어는 지불
능력을 잃은 회사에 돈을 빌려준 채권자들의 회의에 자주 참석했
다. 이 회의에서 채권자들은 부도가 난 회사의 공장에 있는 기계와

207

재고품과 공장 부지를 팔아 가능한 한 많은 돈을 만들어낼 것인가 아니면 회사를 살릴 것인가를 결정했다.

채권자 회의에서 마빈 바우어는 파산한 회사들 대부분이 경영자의 치명적인 실수 때문에 망했다는 놀라운 사실을 발견했다. 또 회사의 경영자들이 그런 실수를 한 것은 그들이 어리석어서라기보다 회사가 처한 상황을 제대로 파악하지 못했기 때문이었다.

마빈 바우어가 보기에 한 회사의 존폐와 그곳에서 일하는 수천 명의 근로자들의 운명은 경영자가 종업원의 말에 귀를 기울일 수 있는 분위기가 되어 있는지, 경영 문제를 신속하게 발견하고 그것에 올바르게 대처할 수 있는지에 달려 있었다. 그러나 직장 내 인간관계는 수직적 상하 관계가 대부분이어서 종업원들은 회사가 처해 있는 상황에 대해 상관에게 솔직하게 말하지 못했다.

1933년에 결혼해 가정을 꾸린 마빈 바우어는 월급을 더 많이 주는 곳으로 직장을 옮겼다. 새 직장은 시카고대학 교수 출신의 제임스 맥킨지가 세운 회계 회사였다. 맥킨지는 회계 분야에서 독보적인 위치를 차지하고 있었고, 기업이 전문적으로 경영해야 한다는 마빈 바우어의 아이디어를 마음에 들어 했다. 마빈 바우어는 맥킨지의 회사에서 기업이 파산하는 상황까지 가지 않도록 기업의 경영에 대해 조언해주는 역할을 했다.

1948년, 맥킨지가 마흔여덟 살의 나이로 죽자 마빈 바우어는 맥킨지의 회사를 사서 직접 경영에 나섰다. 그는 그간의 경험을 통해 회사를 성공적으로 경영했고, 컨설턴트라는 새로운 직업이 자리 잡도록 했다. 컨설턴트는 자문을 맡은 회사에 닥칠 위기를 사전에 막고 회사의 이익을 극대화할 수 있도록 조언하거나 새로운 분야를 개척할 수 있도록 돕는 일을 했다. 오늘날 맥킨지는 세계 상위 150대 기업 중 100대 기업의 자문을 맡고 있다.

컨설턴트는 종종 비난의 대상이 되기도 한다. 컨설턴트가 기업에 비용을 줄일 것을 조언하면 그 기업의 종업원들은 일자리를 잃을 수도 있기 때문이다. 컨설턴트는 자신이 취하는 조치에 대해 충분한 이유를 밝히지만 그럼에도 맥킨지를 비롯한 경영 컨설팅 회사들은 자본주의의 가장 혹독한 면을 보여 주는 회사라는 야유를 듣기 일쑤다.

전문 경영인도 컨설턴트처럼 20세기 들어 새로 나타난 직업이다. 과거에는 자신이 세운 회사를 대부분 아들이나 손자에게 물려주었다. 그러나 최근에는 월급을 주고 전문 경영인에게 경영을 맡기는 경우가 많다. 가족 구성원 가운데 경영을 맡을 만한 사람이 없거나, 다른 회사와 통합하면서 경영해야 할 영역이 늘어나면 전문 경영인을 고용해 회사를 맡기는 것이 일반적이다.

경영자는 늘 어디에 새로운 공장을 세울 것인지, 어떤 일에 투자하고 어떤 일을 포기할 것인지, 다른 회사와의 합병을 추진할 것인지에 대해 어려운 결정을 내려야만 한다. 그래서 그들은 월급을 무척 많이 받는다. 미국에서는 최고 경영자가 2000만 달러 이상의 연

봉을 받는 것이 그리 드문 일이 아니다. 그렇지만 그들은 실제적인 회사 소유주와의 계약에 따라 활동하는 월급쟁이 경영자이다. 커다란 사무실에 앉아 수많은 종업원들을 거느리고 엄청난 액수의 자금을 움직이지만 회사 운영이 어려워지면 경영자의 높은 임금은 곧 비난거리가 된다.

경영자의 책임이 커지면서 여러 가지 복잡한 문제가 생겨났다. 최고 경영자는 올바른 정보를 어디서 어떻게 얻을 것인가? 좋은 아이디어를 얻기 위해 어떤 노력을 해야 할 것인가? 회사의 소유주는 전문 경영인을 어떻게 통제할 것인가?

이런 문제를 다루기 위해 **경영학**이라는 학문이 생겨났다. 인류 문명과 함께 시작된 인간의 경제활동에도 불구하고 경영학은 20세기에 들어서야 비로소 독립된 학문으로 자리 잡았다. 경영학은 기업이 최고의 결과를 만들어낼 수 있게 하고 경영자가 자기에게 주어진 권리를 어떻게 다뤄야 하는지에 대해 충고한다.

금융시장의 시대가
열리다

베트남전쟁과 석유파동의 결과, 세계는 하나의 금융시장
으로 통일되었다. 물건이 어디에서 만들어졌는지는 더 이
상 중요하지 않으며 상품과 돈 모두 어디에서나 자유롭게
거래된다.

전쟁이 끝난 후, 세계는 미국을 중심으로 한 민주주의 진영과
러시아를 중심으로 한 공산주의 진영으로 나뉘어져 냉전
체제를 이루었다. 러시아, 동유럽, 중국 등 공산국가는 서유럽, 미
국과의 관계를 끊었다. 이것을 두고 당시 사람들은 동유럽과 서유
럽 사이에 '철의 장막'이 내려져 있다고 표현했다. 폴란드, 체코,
동독 사람들이 서유럽으로 넘어올 수 있는 길은 거의 없었다. 국경
은 철조망으로 막혔고 곳곳에 지뢰가 설치되었다.

한편 아시아와 아프리카의 여러 나라는 2차 세계대전이 끝난 뒤에도 여전히 영국, 프랑스, 네덜란드, 에스파냐, 포르투갈의 식민지로 남아 있었다. 식민지 국가들은 독립 투쟁을 하면서 식민 지배 국가의 적대국인 러시아와 손을 잡았다. 베트남도 그런 나라 중 하나였다.

베트남은 미국이나 유럽 사람들이 대부분 그 존재조차 모르는 작은 나라였다. 하지만 베트남이 식민 지배에서 벗어나는 과정은 전 세계의 주목을 끌었고 경제에도 큰 영향을 끼쳤다.

인도차이나 반도에 위치한 베트남은 19세기 말에 프랑스의 식민지가 되었다. 2차 세계대전 중에는 독일의 연합국이었던 일본에 점령당하기도 했지만 독립운동 과정에서 몰아냈다. 전쟁이 끝나자 베트남 국민들은 호치민을 주석으로 하는 새로운 독립국가 '베트남민주공화국'의 수립을 선언했다. 그러나 프랑스가 베트남의 독립을 인정하지 않아 인도차이나 전쟁이 일어났다. 이 전쟁은 1954년 프랑스 군대가 디엔비엔푸에서 무릎을 꿇으면서 끝났지만 베트남은 남북으로 나뉘어 북쪽에는 사회주의 정권이, 남쪽에는 미국의 지원을 받는 부패 정권이 들어섰다. 베트남 공산주의자인 베트콩들은 베트남의 통일을 위해 남쪽의 부패 정권을 상대로 피비린내 나는 전쟁을 계속했다.

1962년 2월 9일, 미국의 케네디 대통령은 베트남전쟁을 끝내기 위해 남베트남의 수도 사이공에 전투부대를 파견했다. 그러나 전쟁은 끝나지 않았고 미국은 계속해서 더 많은 군대를 베트남에 보냈다. 1968년, 베트남에 주둔한 미군은 50만 명이 넘었다. 미국 공군은 엄청난 수의 폭탄을 투하해 전쟁을 끝내려고 했다. 미국 전투기들은 2차 세계대전에 사용된 폭탄보다 세 배나 많은 폭탄을 베트남에 떨어뜨렸다. 그러나 미국의 작전은 모두 실패했고 1975년 4월 30일, 북쪽의 베트콩들이 사이공에 진입하면서 남과 북으로 갈라져 있던 베트남은 공산주의 국가로 통일되었다.

베트남전쟁은 전 세계에 엄청난 사회적, 경제적 변화를 불러왔다. 세계의 수많은 젊은이들이 미국의 베트남전쟁에 항의하는 시위를 벌였다. '히피'라고 불린 이 젊은이들은 전쟁에 대한 항의의 표시로 미국의 문화를 거부하고 시장경제와 자본주의에 대해 의문을 제기했다. 이들은 카를 마르크스의 책을 찾아 읽고, "전쟁을 할 바에는 차라리 사랑을 하자!"라고 표어를 외치며 전쟁을 일으킨 부모 세대와 다른 삶을 살고 싶어 했다.

이런 사회 분위기 속에서 미국 정부는 베트남전쟁의 비용을 충당할 방법을 찾아 골머리를 앓았다. 군인들을 파견하고 전투기와 폭탄을 사용한 데 들어간 비용을 대기 위해서는 세금을 올려야 했다. 그러나 케네디를 비롯해 다음 대통령인 존슨과 닉슨도 세금을 올리지 못했다. 결국 미국 정부는 세금을 올리는 대신 국채를 발행해 베트남전쟁 비용을 지불하기로 했다. 정부가 가지고 있는 돈보다 더 많은 돈을 쓰는 바람에 미국에서는 물가가 오르기 시작했다.

이때 미국 연방 은행은 이자율을 높여 돈의 가치를 지켰어야 했지만 경제성장에 해가 될까 봐 이자율을 올리지 않았다.

당시에는 세계적으로 달러에 대한 환율이 고정되어 있었기 때문에 미국의 경제 위기는 전 세계로 퍼져 나갔다. 상황이 심각해지자 미국은 더 이상 **고정환율제**를 유지할 수 없다고 판단하고 1971년 8월 15일, 고정환율제를 취소했다. 이후 1973년부터는 **변동환율제**가 적용되어 화폐도 다른 상품들처럼 수요와 공급에 따라 가치가

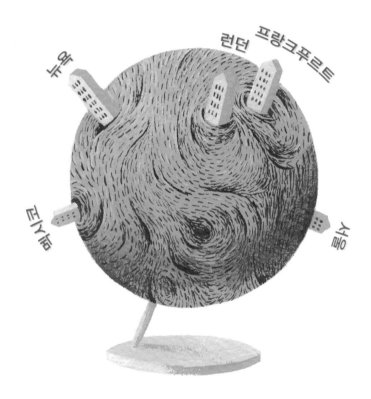

정해졌다. 전에는 사업가나 여행자만 외국 화폐를 사고팔았지만 이제는 환율 변동에 따른 이익을 노리고 많은 사람들이 외화를 사고팔았다.

미국 시카고 대학의 경제학 교수인 밀턴 프리드먼(1912년~)은 오래전부터 고정환율제에 반대했다. 자유방임주의와 시장을 통한 자유로운 경제활동을 주장한 프리드먼은 화폐 은행이 경제성장에 맞춰 돈의 양이 늘어날 수 있도록 도와줘야 한다는 **통화주의**를 주장했다. 두 차례의 석유파동으로 금융시장의 규모가 커지면서 프리드먼의 통화주의는 힘을 얻었다.

1973년에 일어난 **석유파동**은 전 세계적으로 석유값 폭등을 불러와 경제에 심각한 혼란을 초래했다. 석유수출국기구(OPEC)는 산유국 사이에 카르텔을 형성하여 석유값을 원유 1배럴당 3달러 2센트에서 3달러 65센트로 올렸다. 또 이스라엘이 아랍 지역에서 물러나지 않으면 매월 석유 생산량을 줄여나가겠다고 발표했다. 석유 부족으로 제품 생산이 줄어들자 제품 가격이 상승해 세계적인 인플레이션이 왔다. 이 사건은 유럽과 북미 지역의 불경기와 맞물려 세계경제에 심각한 타격을 입혔다. 각국 정부는 경기가 급속도로 나빠지는 것을 보면서도 아무런 조치를 취하지 못했다.

한편 산유국으로 들어간 수 억 달러의 돈은 은행을 통해 **금융시장**으로 흘러들었다. 산유국에 지불하는 원유 가격의 60퍼센트 이상이 달러였기 때문에 석유파동으로 산유국은 엄청난 양의 달러를 보유하게 되었고, 이 돈은 세계 금융시장의 규모를 키웠다.

전 세계적으로 150억 달러가 넘는 돈이 날마다 거래되었다. 금융인들의 영향력은 점점 커져서 정치적인 결정에도 영향을 미쳤다. 예를 들어 1992년에 영국 정부가 마르크에 대한 파운드의 환율을 일정 수준으로 유지하겠다고 선언한 적이 있다. 영국 정부가 수백만 파운드를 투입할 계획을 발표했음에도 많은 금융인들은 그 정책을 지지하지 않았다. 미국의 금융인 조지 소로스는 영국 정부의 정책에 반대해 엄청난 양의 파운드를 외환시장에 팔았고 파운드의 가치는 시간이 다르게 떨어졌다. 결국 영국 정부는 환율을 시장에 맡길 수밖에 없었다.

이제 세계는 하나의 금융시장으로 통일되었다. 독일이나 영국, 프랑스 회사의 주식이 미국 뉴욕 증시에서 거래되고, 각국의 주식회사 가운데 상당수는 외국 기업이 소유권을 가지고 있다.

금융거래에 있어서만 국경의 의미가 약해진 것은 아니다. 물품거래 시장에서도 물건이 어디에서 만들어졌는지는 더 이상 중요하지 않다. 운송 비용이 싸지면서 겨울에도 남아프리카나 칠레에서 생산된 포도나 버찌를 먹을 수 있게 되었다. 유럽과 미국의 회사들은 동남아시아에서 셔츠를 만들어 팔고, 미국과 인도는 함께 컴퓨터 소프트웨어를 개발한다. 국제금융시장 덕분에 상품과 돈과 서비스를 세계 어디에서나 자유롭게 거래할 수 있게 된 것이다.

세계경제의
나아갈 길

석탄, 석유 같은 천연자원을 이용한 인류의 경제 발전은
환경오염과 자원 고갈 문제를 불렀다. 이제 세계경제의
미래는 인류가 자연의 한계를 어떤 방식으로 극복하느냐
에 달렸다.

석유파동의 여파가 가시지 않은 1974년 겨울, 한 달에 두 번
일요일마다 독일의 고속도로에서는 이상한 일이 벌어졌다.
고속도로 위를 자동차 대신 사람들이 걷거나 자전거를 타고 돌아
다녔던 것이다. 그날은 서독 연방 정부가 제정한 '자동차 없는 일
요일'이었다. 석유파동으로 석유값이 하루가 다르게 치솟자 에너
지 절약 대책의 하나로 자동차를 개인적으로 사용하는 일을 금지
하는 날이 만들어졌던 것이다. 하지만 '자동차 없는 일요일' 정책

은 별로 효과를 보지 못했다. 그날 보지 못한 볼일을 보기 위해 이튿날 많은 사람들이 한꺼번에 차를 몰고 나왔기 때문이다. 그러나 한 달에 두 번 있었던 '자동차 없는 일요일'은 사람들의 기억 속에 오랫동안 남았다. 그것은 세계경제가 성장할 수 있는 한계를 나타내는 하나의 상징이었다.

지구의 천연자원에는 한계가 있고, 우리에게는 오직 지구라는 행성밖에 없다. 우리가 지구를 파괴하고 자원을 낭비하면 우리에게 더 이상의 미래는 없다. 다시 말해 세계경제의 미래는 인류가 환경오염과 자원 고갈 문제에 어떻게 대처하느냐에 달려 있는 것이다.

1만 년 전 경제활동을 처음 시작한 이후, 인류는 자연에서 새로운 자원을 찾아내 이용하면서 경제를 발전시켜 왔다. 특히 석유파동을 겪으면서 사람들은 자연과 경제의 관계를 분명히 깨달았다. 인간의 경제 발전은 자연을 바탕으로 이루어진 것이었다.

1970년대 초, 경제학자 니콜라스 제오르제스쿠 로에겐(1906년 ~1994년)은 경제의 자연적 한계에 대해 "경제의 모든 과정은 이용 가능한 에너지를 지속적으로 변환하여 쓰레기로 만들거나 환경 공해를 유발하는 과정이다."라고 말했다.

인간은 음식을 먹고 추위를 피하고 살아남기 위해 에너지가 필요하다. 그러한 에너지는 자연 곳곳에 숨어 있다. 식물이나 동물 속에도 있고 산에서 불어오는 바람 속에도 있다. 우리는 식물과 동

물을 먹고 식물의 줄기와 동물의 가죽으로 옷을 만들어 입으면서
에너지를 이용한다.

에너지는 새로 만들 수도 없고 완전히 파괴할 수도 없지만 사용
할 때마다 그 가치가 떨어진다. 뜨거운 수프를 방에 놓고 잠시 후
수프의 온도를 재 보면 방의 온도와 같아졌다는 것을 알 수 있다.
수프 안에 들어 있던 에너지가 방 안에 흩어진 것이다. 에너지가
없어진 것은 아니지만 방 안 곳곳으로 흩어져 더 이상 쓸 수 없다.

인간이 사용하는 모든 에너지가 그렇다.

태양으로부터 새로운 에너지를 계속해서 공급받지 못했다면 세상은 이미 오래전에 황폐해졌을 것이다. 다행히 태양이 지구를 비추면 식물은 햇빛과 이산화탄소를 이용해 광합성을 하고, 동물은 식물을 먹고, 그 동물을 다른 동물이 잡아먹는다. 이런 먹이사슬을 따라 에너지도 이동한다.

시간이 흐르면서 인간은 에너지 자원을 좀 더 효율적으로 이용하는 방법을 배웠다. 제오르제스쿠 로에겐은 인간의 세 가지 중요한 발명에 대해 설명하며 **프로메테우스 혁명**이라는 이름을 붙였다. 프로메테우스는 그리스신화 속에 나오는 인물로 신들의 뜻을 거스르고 인간에게 불을 가져다주었다가 평생 바위에 묶여 독수리에게 간을 쪼이는 벌을 받은 거인이다. 추위와 어둠을 극복하고 문명의 시작을 밝힌 신화 속 프로메테우스의 불에 비교되는 인간의 세 가지 발명은 불의 이용, 농업의 시작, 증기기관의 발명이다.

특히 세 번째 발명이 인류에 미친 영향은 어마어마했다. 증기기관은 물론 증기기관과 관련된 디젤과 휘발유 모터 같은 모든 연소 기계는 석탄과 석유로 움직인다. 원시시대의 동식물이 오랜 세월 땅속에 묻혀 만들어진 석탄과 석유는 지구 표면에 저장된 태양에너지이다. 석탄과 석유 덕분에 세계경제는 지난 200년간 그전보다 훨씬 빨리 발전할 수 있었다. 하지만 석탄과 석유를 사용하면서 지구의 공기는 오염되었고 환경은 파괴되었다. 지구에 남아있는 석탄과 석유의 양은 점점 줄어들어 앞으로 몇 년이나 더 사용할 수 있을지 아무도 모른다. 하지만 지금까지 인류가 사용해 온 속도를 보건대 남은 시간이 그리 많지는 않을 것이다.

　세계 최초의 경제학자들은 천연자원을 효율적으로 사용하는 방법을 연구했다. 오늘날의 경제학자들은 지구의 미래가 남아있는 천연자원을 얼마나 경제적으로 활용하는지에 달려있다고 경고한다. 또한 세계경제의 미래는 인류가 자연의 한계를 어떻게 극복하는지에 달려있다.

　환경문제와 자원 고갈 문제를 극복하지 못하면 인류는 머지 아멸망할 수도 있다. 그러나 아직 포기하기에는 이르다. 1972년, 국제연합에서 '하나뿐인 지구를 지키자'는 환경 선언이 나온 이후 환경 보존을 위한 국제적인 노력이 계속되고 있다. 1992년, 국제연합 환경개발회의(UNCED)에서는 지구 환경 보존의 기본 원칙을 선언했으며 세계 환경 감시를 위한 그린피스 운동도 활발하다. 천연자원을 경제적으로 이용하는 방법에 대한 연구도 꾸준히 진행되고 있다. 에너지를 절약하고 이미 개발된 기술을 효과적으로 활용하는 일, 태양력이나 풍력처럼 대체에너지를 개발하는 일, 인구 증가를 억제하는 일은 모두 우리가 직면한 자원 고갈 문제를 해결하는 데 도움이 될 것이다.

역사를 알면 경제가 보인다

신문의 경제 기사를 읽다 보면 고개를 갸우뚱하게 된다. 멀쩡해 보이던 대기업이 하루아침에 문을 닫고 작은 규모의 회사로 나뉘는 까닭은 무엇일까? 한쪽에서는 일할 사람을 구하지 못해 난리인데, 다른 한쪽에서는 실업자가 수백만에 이르는 것은 왜일까? 환율이나 주가, 금리의 변화에는 어떤 의미가 있을까?

이런 경제 기사들이 잘 이해가 되지 않는 것은 낯선 경제 용어들 때문이기도 하지만, 하나의 경제 현상만으로는 경제 전체를 파악할 수 없기 때문이기도 하다.

경제는 국내의 정치, 사회 상황은 물론 그 나라가 맺고 있는 국제 관계와도 중요한 관련이 있다. 그러므로 '경제란 무엇인가'에 대한 가장 정확한 답은 인류 사회의 변천과 흥망의 과정인 역사 속에서 찾을 수 있을 것이다.

예부터 지금까지 사람들의 가장 큰 관심거리는 자신이 가지고 있는 것을 얼마나 경제적으로 활용하느냐 하는 것이다. 시대가 변하면서 사람들이 살아가는 모습은 바뀌었지만 먹고사는 문제를 해결하기 위해 부를 생산하고 분배하는 인간의 경제활동 자체는 그다지 달라지지 않았다. 오래전 사냥과 채집으로 간신히 하루하루를 살아가던 사람들이 어떻게 농사를 짓고, 물물교환과 교역을 통해 필요한 물건을 구하고, 시장을 만들어 상업을 발전시켰을까? 인류가 걸어온 역사의 발자취 속에는 오늘날의 경제의 흐름을 이해하고 세계경제의 미래를 예측하는 열쇠가 숨어 있다.

이 책은 오늘날 우리가 경제라고 부르는 모든 활동이 언제 시작되었고 어떻게 발전되었는지에 대한 이야기이다. 흥미진진한 신화와 전설과 한 편의 모험 소설을 연상케 하는 역사 속 사건들은 읽는 재미를 더한다. 인류 최초의 경제활동인 농업혁명에서부터 산업혁명으로 자본주의경제가 자리 잡기까지, 이 책이 청소년들에게 거대한 경제와 역사의 흐름을 이해하는 작은 계기가 될 수 있기를 바란다.

니콜라우스 피퍼

| 한눈에 보는 경제 상식 |

한눈에 보는 경제 상식

경제 현상을 이해하는 데 꼭 알아야 할 내용들과 교과서에서 사회 과목을 공부할 때 필요한 개념들을 가나다순으로 찾아볼 수 있다.

가격혁명 | 15세기 말부터 17세기 초에 유럽 여러 나라에서 물가가 급격히 오르던 현상을 말한다. 에스파냐를 통해 신대륙의 금과 은이 대량으로 들어오면서 유럽의 물가는 두세 배나 올랐다. 기업 경영자와 상인들은 물가 상승에 따라 늘어난 이윤을 이용해 자본을 축적하고 경영 규모를 확대하여 근대 자본주의 발달의 발판을 마련했다.

경기 | 생산, 소비, 투자와 같은 나라 경제 전체의 활동 수준이나 상태를 말한다. 경기가 좋은 상태를 호황 또는 호경기라고 하는데 수요와 공급이 늘고, 투자 및 고용 수준이 높아진다. 반대로 경기가 나쁜 상태는 불황 또는 불경기라고 하고, 물가와 임금이 내리고 생산이 위축되며 실업이 늘어나는 등 경제활동 전반이 침체를 보인다.

경기순환 | 경기가 일정한 주기에 따라 호황기 → 후퇴기 → 불황기 → 회복기 → 호황기를 되풀이하는 것을 말한다. 경기 순환의 움직임이 본격적으로 시작된 것은 자본주의가 확립된 19세기 초 유럽에서이며, 1929년 대공황의 전개 과정에서도 잘 드러난다.

경상수지 | 눈에 보이는 상품의 수출입에 의해 생기는 수입인 무역수지와 운임, 보험료, 관광 수입, 해외투자 이윤 등 상품의 수출입 이외의 거래에서 생기는 수입인 무역 외 수지를 합한 것이다. 대체로 선진국은 경상수지가 흑자인데 반해 개발도상국은 경상수지가 적자이어서 외국 자본을 들여와 생산력을 확대하고 수출을 증대하려고 한다.

경제표 | 프랑스의 경제학자 케네가 1758년, 인체의 혈액순환을 본떠서 만든 경제순환에 관한 표이다. 생산계급인 농민과 비생산계급인 상인, 수공업자와 지주계급 사이에서 농업 생산물이 어떻게 생산되고 교환되는지를 전체적으로 보여준다.

계획경제 | 국가에 의해서 생산과 소비와 분배가 계획적으로 관리되고 운영되는 국민경제를 말한다. 생산수단을 모두 국가 소유로 하는 사회주의국가의 대표적인 경제 형태이다.

관세 | 국내 산업의 보호를 위해 수입 상품에 높은 세금을 부과함으로써 수입품의 가격을 높여 수입을 억제하는 것을 말한다. 관세의 부과는 세금 수입으로 국가 재정을 확충하는 방법이기도 하다.

관세무역일반협정 | 1947년에 관세장벽과 수출입의 제한을 없애기 위하여 각국 대표가 제네바에 모여 맺은 국제무역 협정이다. 제네바관세협정, 가트(GATT)라고도 한다. 우리나라는 1947년 6월에 가입하

였다.

국민연금 | 정부나 공공 기관이 운영하는 소득 보장 제도를 말한다. 소득이 있을 때 조금씩 보험료를 납부해 모아 두었다가 나이가 들거나 갑작스러운 사고나 질병으로 소득이 없을 때 정부나 공공 기관이 연금을 지급하여 기본 생활을 유지할 수 있도록 하는 제도이다. 우리나라에서는 1988년부터 국민연금 제도가 시행되었다.

국민총생산 | 일정 기간 동안 한 나라의 국민이 국내와 국외에서 생산한 재화와 서비스의 가치의 합을 말한다. 보통 일 년 단위로 계산하며, 그 나라의 경제 규모를 재는 척도가 된다. 지엔피(GNP)라고도 한다.

국제부흥개발은행(IBRD) | 2차 세계대전 후에 경제를 부흥하고 개발도상국의 개발을 돕기 위해 설립한 국제은행으로 '세계은행'이라고도 한다. 주로 개발도상국의 공업화를 위해 5~6퍼센트의 이율로 자금을 빌려준다.

국제통화기금(IMF) | 1947년, 브레턴우즈 협정에 따라 세계무역의 확대와 안정, 국제금융 질서의 유지, 경제성장의 촉진 등을 목적으로 설립되었다. 우리나라는 1997년에 대기업의 연쇄 부도와 금융 기관 부실로 국제통화기금에 도움을 청해 195억 달러를 지원받았으며, 2001년 8월 23일 전액을 갚았다.

국채 | 국가나 지방자치단체가 필요한 자금을 구하기 위해 발행하는 증권을 말한다. 국채에 의한 국가의 재원 조달은 세금을 부과할 때보다 국민의 저항을 줄일 수 있지만, 방만한 국채 관리는 인플레이션의 원인이 될 수도 있다.

금본위제도 | 각국이 일정량의 금 가격을 일정한 자국 통화 표시로 고정시킴으로써, 금과의 교환 비율로 통화가치가 정해지고 이 교환 비율 수준에서 각국 화폐와 금 사이에 자유로운 교환이 무제한 허용되는 체제이다. 예를 들어 1837년~1933년에 금 1온스의 미국 달러화 가격은 20.646달러로 고정되어 있어 이 가격으로 달러를 금으로 얼마든지 교환할 수 있었다.

길드 | 중세에 상인들과 수공업자들이 만든 동업자 조직이다. 서유럽의 도시에서 발달하여 11세기에서 12세기까지 중세 영주의 권력에 대항하며 도시의 정치적, 경제적 실권을 쥐었으나 근대 산업의 발달과 함께 16세기 이후 쇠퇴하였다.

노동운동 | 노동자 계급이 자신들의 사회적, 경제적 지위 향상과 임금과 같은 노동조건을 개선하기 위하여 전개하는 조직적인 활동을 말한다. 노동운동이 처음 발생한 곳은 산업혁명을 맨 먼저 이룬 영국으로, 18세기 후반에는 공장제 공업에 반발한 노동자들에 의해 공장 기계 파괴 운동이 벌어지기도 했다.

노예무역 | 16세기 이후 유럽인들은 아프리카 대륙의 흑인 노예를 상품처럼 사고팔았다. 300년 동안 1500만 명에 이르는 흑인 노예가 유럽의 노예 상인들에 의해 아메리카 대륙으로 운송되어 광산이나 사탕수수 농장에서 혹사당했다. 당시 유럽 각국은 노예무역을 통해 경제적 번영을 누렸다.

대공황 | 1929년부터 미국을 중심으로 세계적 규모로 일어난 경제공황을 말한다. 1933년 말까지 거의 모든 자본주의 국가가 경제공황에 말려들어, 1929년부터 1932년 사이 세계 공업 생산력이 38퍼센트, 세계 무역량은 65퍼센트 이상 감소하였고, 실업자도 5000만 명이나 생겼다.

대량생산 | 기계를 이용하여 동일한 제품을 대량으로 만들어내는 일을 말한다. '자동차 왕'이라 불리는 헨리 포드에 의해 처음으로 시작되었다. 컨베이어 벨트와 부품의 표준화를 통해 생산비를 줄이고 제품의 품질을 보장함으로써 대량 소비문화를 낳았다.

대차대조표 | 기업의 재정 상태를 한눈에 볼 수 있도록 만든 표이다. 기업의 자산을 부채와 자본으로 비교할 수 있도록 양쪽으로 나뉘어 있으며, 한쪽에는 회사가 현재 가지고 있는 돈과 수입을 쓰고 다른 한쪽에는 지불한 돈을 쓴다.

동방무역 | 서유럽과 동양 간에 이루어진 무역을 말한다. 로마시대에 전

성기를 맞았다가 중제 전반에 쇠퇴하였으나 10세기 말부터 다시 성행하였다. 십자군 원정 때 북이탈리아의 항구 도시 제노바, 피사, 베네치아를 중심으로 주로 유럽의 은, 직물과 인도 및 동남아시아의 비단, 후추, 상아, 보석 따위를 교역하였다.

동인도회사 | 17세기에 유럽 각국이 인도 및 동남아시아와 무역하기 위해 세운 무역 독점 회사이다. 영국, 네덜란드, 프랑스 등이 세운 여러 동인도회사 가운데서도 가장 대표적인 영국의 동인도회사는 1600년 설립되어 상업 활동 독점권 외에도 외교교섭권과 군대동원권을 가져 영국의 국가 대행기관으로 활동했다. 그러나 1857년, 세포이 항쟁으로 활동이 정지되어 1874년에 해산했다.

마셜플랜 | 2차 세계대전이 끝난 1947년, 미국의 국무장관 마셜이 제창한 유럽에 대한 미국의 경제원조 계획이다. 미국은 서유럽에 공산주의가 들어오는 것을 막기 위해 서유럽의 16개국에 130억 달러를 지원했으며, 30만 명 이상의 유럽인을 미국 시민으로 받아들였다.

물물교환 | 화폐를 통하지 않고 직접 물건과 물건을 교환하는 행위를 말한다. 물건을 가지고 다니기 힘들고 맞바꾸는 물건의 가치를 비교하기 어려운 불편함이 있어, 화폐가 쓰이면서 점차 사라졌다.

박람회 | 생산물의 개량 발전 및 산업의 진흥을 꾀하기 위하여 농업, 상

업, 공업 따위에 관한 온갖 물품을 모아 벌여 놓고 판매, 선전하고 심사하는 전람회를 말한다. 유럽에서는 12세기 중엽에 이웃 나라들 간에 상품 거래를 목적으로 박람회가 개최되었으며, 라이프치히와 프랑크푸르트, 뉘른베르크 박람회가 특히 유명했다.

변동환율제 | 각국의 통화가치를 고정시키지 않고 외환시장의 수요와 공급 상태에 따라 자유롭게 외환이 매매되도록 한 제도이다. 반대로 고정환율제는 환율을 일정 수준에 고정하는 것을 말한다. 각국의 통화가치가 금을 기준으로 결정되는 금본위제도는 대표적인 고정환율제이다.

보이지 않는 손 | 애덤 스미스가 『국부론』에서 사용한 말로, 인간은 이기심에 의해 경제활동을 하므로 자유방임을 하더라도 '보이지 않는 손'에 의해 개인의 이익과 사회의 이익을 조화롭게 할 수 있다는 뜻이다.

복식부기 | 경영 활동의 결과를 숫자로 정리하고 요약하는 기록법의 하나로, 기업의 수입과 지출을 포함한 거래의 모든 과정을 두 번씩 적음으로써 기록의 오차를 줄였다. 십자군 전쟁 후 이탈리아의 루카 파치올리에 의해 유럽에 널리 알려졌다.

분업 | 모든 생산과정을 여러 사람이 전문적으로 나누어 일하는 노동 형태를 말한다. 분업을 하면 한 사람이 특정한 일에 전문적으로 종사할 수 있어 노동의 숙련도가 높아지고 생산성을 크게 높일 수 있다.

블록경제 | 몇몇 나라가 동등한 입장에서 블록을 형성하여 블록 내 국가들 간의 교역은 관세 없이 자유롭게 하고, 블록 밖의 국가에 대해서는 배타적으로 관세장벽을 쌓아 경쟁력을 높이는 방식의 경제 체제를 말한다. 북미 자유무역 협정, 유럽경제공동체 등이 이에 속한다.

사회복지 | 국민의 생활 향상과 사회보장을 위한 사회 정책과 시설을 통틀어 이르는 말이다. 국민의 생활 안정, 교육, 문화, 의료, 노동 등의 보장을 비롯해 복지를 추구하는 사회의 노력이 모두 이에 해당된다. 우리나라 헌법은 국민의 행복추구권과 인간다운 생활을 할 권리를 선언함으로써 국가에 사회보장과 사회복지를 증진할 의무가 있음을 밝히고 있다.

산업혁명 | 18세기 후반부터 유럽에서 급속하게 발전한 생산기술과 그에 따른 사회 변화를 말한다. 영국에서 개량된 방직기계를 시작으로 수공업적 생산 방식이 공장제 기계공업으로 바뀌었으며 자본주의 경제가 확립되었다.

상업혁명 | 15세기 말 신대륙의 발견과 신항로의 개척으로 유럽 여러 나라의 상업 활동의 영역이 확대되면서 일어난 사회적, 경제적 생활의 변화를 말한다. 전에는 상상도 못했던 물건들이 싼값에 대량으로 쏟아져 나왔고, 지중해를 중심으로 활동하던 이탈리아 상인들의 쇠퇴하고 에스파냐와 포르투갈이 세계 무역의 중심 국가로 떠올랐다.

세금 | 국가나 지방자치단체가 나라 살림하는 데 필요한 돈을 국민들에게서 거두어들이는 것을 말한다. 세금은 국민들뿐 아니라 기업들도 내고 우리나라에 들어와서 돈을 벌고 있는 외국인들도 낸다. 재산이 많고 돈을 많이 버는 사람일수록 세금을 많이 내고, 돈을 적게 버는 사람일수록 세금을 덜 낸다.

수요와 공급의 법칙 | 경쟁적인 시장에 있어서 시장가격과 시장의 거래량은 수요자와 공급자의 상호 교섭에 의하여 결정된다. 어떤 상품에 대한 공급과 수요가 같을 때, 즉 상품을 내놓는 비율과 상품을 사들이는 비율이 같을 때 그 시장은 균형을 유지한다.

수입 | 나라와 나라 사이에 무역을 할 때 다른 나라로부터 물건을 사오는 것을 말한다. 넓은 뜻의 수입에는 물건을 사오는 것뿐만 아니라 기술 및 서비스를 자기 나라로 들여오는 것이나 자본의 이동도 포함된다.

수정자본주의 | 사유재산제도, 시장가격 제도 같은 자본주의 원칙은 그대로 두고 경제공황, 불완전고용, 노사 대립 같은 자본주의의 문제점을 국가의 개입으로 완화하려는 정책이나 사상을 말한다. 1929년 대공황 이후 많은 나라들이 케인스의 이론에 기반을 둔 수정자본주의를 선택해 경제 위기를 극복하려 했다.

수출 | 나라와 나라 사이에 무역을 할 때 다른 나라에 물건을 파는 것을

말한다. 넓은 뜻의 수출에는 물건을 파는 것뿐만 아니라 기술과 서비스를 다른 나라에 파는 것이나 자본의 이동도 포함된다.

석유수출국기구(OPEC) | 1960년에 이라크, 쿠웨이트, 사우디아라비아, 이란, 베네수엘라 등 5대 석유 생산국이 미국, 영국, 프랑스 등 국제석유자본에 대항해 유가 인상 및 산유국의 이익을 보호하기 위해 설립한 기구이다.

석유파동 | 1973년~1974년, 1978년~1980년 두 차례에 걸친 국제 석유 가격의 상승으로 인해, 석유 공급이 부족해지고 석유를 원료로 하는 제품의 생산가격이 오르는 등 세계적인 경제 위기를 맞은 일을 말한다. 석유파동은 당시 유럽과 북아메리카 지역에서 시작된 불경기와 맞물려 세계경제에 심각한 타격을 입혔다.

시장 | 물건이나 서비스를 사려는 사람과 팔려는 사람들이 만나 거래를 하는 곳을 말한다. 원래는 실제로 장이 서는 구체적인 장소를 의미했으나 지금은 회사의 주식을 사고파는 주식 시장이나 취직을 원하는 사람과 직원을 구하려는 기업이 만나는 인력시장 등 상품을 사고파는 거래 관계 전체를 일컫는다.

신경제정책 | 1921년~1927년에 레닌의 주도하에 소련에서 시행된 경제정책이다. 러시아혁명과 내전으로 저하된 국내 경제력을 회복하기 위

하여 잉여농산물의 자유 판매와 개인 경영의 인정 같은 자본주의적 요소를 도입하여 약간의 성공을 보았다.

실업 | 일을 하고 싶고 일을 할 능력이 있는데도 자기에게 맞는 일자리가 없어서 일을 하지 못하고 있는 상태를 말한다. 실업의 가장 큰 이유는 경제가 나빠지면서 일자리가 줄어들기 때문이다. 또 과학과 기계의 발달로 사람이 하던 일을 기계가 대신하면서 실업자가 생기는 경우도 있다.

은행 | 여러 사람들이나 기업들로부터 예금을 받아 그 돈을 자금으로 하여 대출, 어음 거래, 증권 인수를 하는 금융기관을 말한다. 은행이 하는 가장 기본적인 일은 예금과 대출이다. 은행은 예금을 받아 안전하게 보관하고 운용하다가 예금자가 원할 때 확실히 돌려줘야 한다. 또 은행은 예금으로 모인 돈을 기업이나 개인에게 빌려주고 이자를 받는다.

이자 | 돈을 빌리는 대가로 지불해야 하는 돈을 말한다. 돈을 빌려주는 기간이 길수록, 그리고 돈을 돌려받지 못할 가능성이 클수록 이자가 비싸다. 돈을 저축하는 사람은 은행에 돈을 빌려주는 대가로 은행 이자를 받는다.

인플레이션 | 통화량이 늘어나서 화폐가치가 떨어지고 물가가 계속적으로 올라 사람들의 소득이 감소하는 현상을 말한다. 인플레이션의 원인에는 여러 가지가 있지만 주로 사회 전체적으로 공급보다 수요가 훨씬 많거나 제품의 생산 비용이 오를 경우에 일어난다. 1차 세계대전이 끝난 독일에서는 심각한 인플레이션이 일어나 빵 1킬로그램이 4000억 마르크에 거래되기도 했다.

자본주의 | 생산수단을 자본으로 소유한 자본가가 이윤 획득을 목적으로 노동자에게서 노동력을 사서 상품을 생산하고, 노동자는 생계유지를 위해 자신의 노동력을 파는 경제 체제이다. 자본주의사회에서는 수요와 공급을 시장의 '보이지 않는 손'에 맡기는 것을 원칙으로 하지만, 빈부격차와 같은 자유경쟁에 따른 문제가 심각해지면서 최근에는 국가의 시장 개입이 확대되고 있다.

자유무역주의 | 국가 간의 수출 또는 수입 거래를 막고 있는 인위적인 장벽을 제거하고 각 개인이 자유롭게 외국과 교역할 수 있도록 한 무역의 형태이다. 애덤 스미스, 데이비드 리카도 같은 경제학자들이 주장했다.

자유방임주의 | 개인의 경제활동의 자유를 최대한으로 보장하고, 경제에 대한 국가의 간섭을 가능한 한 배제하려는 경제정책을 말한다. 영국의 경제학자 애덤 스미스는 1776년 발표한 『국부론』을 통해 보호 무역주의를 비판하고, 각 개인의 경제활동의 자유를 보장함으로써 '보이지

239

않는 손'에 의해 사회 전체의 질서와 조화를 유지하는 것이 경제 발전의 원동력이라고 주장했다.

전문 경영인 | 기업의 소유자가 아닌 사람이 경영관리에 관한 전문적 기능을 가지고 있다고 기대받아 경영자의 지위에 있는 경우를 말한다. 기업이 거대화하여 경영의 내용이 복잡해지면서 경영관리에 필요한 지식이나 기능이 고도로 전문적인 성격을 띠게 되자 그러한 자질을 갖춘 경영자가 필요해졌다. 이렇게 경영관리가 전문 경영자인 손에 맡겨진 것을 '소유와 경영의 분리'라고 한다.

전시경제 | 전쟁을 수행하기 위해 짜는 국민경제를 말한다. 소비 절약, 생산 증가 등을 꾀하는 계획적이고 통제적인 경제로, 보통 사회주의국가의 경제 체제에서 볼 수 있다.

주식 | 주식회사에서 주주가 회사에 대하여 가지는 소유권을 나타내는 종이쪽지이다. 주식을 가지고 있으면 회사의 주인으로서 그 회사가 벌어들인 이익을 나누어 받을 수 있다. 회사가 이익을 많이 내면 주주가 받는 배당금도 커지지만, 회사가 이익을 내지 못하면 투자한 돈을 날릴 수도 있다. 주식의 실제 가격을 말하는 주가는 증권거래소에서 거래되는 가격에 따라 결정되는데, 주가 역시 그 주식을 발행한 주식회사가 얼마나 이익을 많이 내는가에 따라 달라진다.

중상주의 | 16세기 말부터 18세기에 걸쳐 유럽에서 지배적이었던 경제 이론 및 경제정책을 말한다. 루이 14세의 재무장관이었던 콜베르는 대표적인 중상주의자로, 나라의 부를 늘리기 위해 상업을 중시하고 보호무역주의의 입장에서 수출 산업을 육성하여 자본을 축적하려 하였다.

채권 | 다른 사람으로부터 돈을 빌렸다는 사실을 인정하는 증서로 빌린 돈의 금액과 이자, 갚는 날짜, 갚는 방법 등을 표시한 유가증권이다. 주로 정부나 공공 단체, 주식회사 등이 많은 돈을 빌리기 위해 발행한다.

카르텔 | 같은 종류의 여러 기업이 서로의 독립성을 유지하면서 상호 간의 무리한 경쟁을 피하여 시장을 독점하려고 협정을 맺는 것을 말한다. 1870년대 이래 유럽 지역에서 급속히 발전하였으나 경제에 비효율적이고 국민경제 발전에 저해가 되므로 최근에는 국가가 나서서 금지하고 있다. 우리나라도 1980년대 제정한 '독점 규제 및 공정 거래에 관한 법률'로 기업의 카르텔을 통제하고 있다.

통화주의 | 중앙은행에서 발행하는 통화량이 적절할 때 물가가 안정된다는 이론이다. 대표적인 통화주의자인 미국 시카고 대학의 경제학 교수 밀턴 프리드먼은 경제성장률에 맞춰 화폐 공급량이 적정하게 유지된다면 물가를 안정시킬 수 있다고 주장하였다.

투자 | 지금 당장의 만족을 위해서가 아니라 미래의 이익을 기대하고 현

재 자금을 지출하는 경제활동을 말한다. 기업이 공장을 새로 짓거나 늘리고 새로운 기계를 구입하는 것, 정부나 지방자치단체가 경제활동에 필요한 도로나 철도, 항구를 새로 만드는 것, 사람들이 어떤 기업의 주식 가격이 오르길 기대하고 미리 그 기업의 주식을 사두는 것이 모두 투자 활동이다.

화폐 | 상품의 교환과 유통을 원활하게 하기 위한 일반적인 교환수단을 말한다. 화폐가 생기기 전에는 다른 사람과 직접 물건을 바꾸는 물물교환으로 필요한 물건을 구했다. 화폐는 상품을 구입한 대가를 지불하는 수단이면서 화폐 자체가 상품처럼 거래 대상이기도 하다.

환율 | 외국과의 거래나 해외여행 등을 위해 서로 다른 두 나라 돈을 교환할 때의 비율을 말한다. 예를 들어 우리나라의 원화와 미국 달러화와의 환율이 1200원이라면 이는 1달러와 1200원이 서로 교환된다는 것을 의미한다. 이처럼 환율은 두 나라 돈의 교환 비율을 나타내는 동시에 한 나라 돈의 대외적인 가치를 나타낸다.

니콜라우스 피퍼

1952년 독일 함부르크에서 태어났다. 대학에서 경제학을 공부하고 언론 연합과 차이트 신문사를 거쳐, 남독신문사의 경제부 편집 부장으로 일했다. 돈과 경제의 원리를 쉽고 흥미진진하게 담은 청소년 경제 소설『펠릭스는 돈을 사랑해』를 비롯해『위대한 경제학자들 Die großen Ökonomen』,『최근의 경제학자들 Die neuen Ökonomen』을 썼다. 경제책을 쓴 사람들에게 주는 '포겔상'과 '독일 청소년 문학상'을 받았다.

알요샤 블라우

1972년 러시아 상트페테르부르크에서 태어났다. 독일 함부르크에서 회화와 조각을 공부했으며, 1997년에 자신의 첫 번째 그림책을 펴냈다.『수상님은 수영장에 살아요 Der Kanzler wohnt in Swimmingpool』를 비롯해 많은 어린이책과 청소년책에 그림을 그렸으며, 신문과 잡지에 다양한 주제의 그림을 발표했다.

유혜자

1960년 대전에서 태어났다. 스위스 취리히 대학에서 독일어와 경제학을 공부했고, 한남대학교 외국어교육원에서 독일어 강사를 역임했다. 현재 독일 문학 번역가로 활동하고 있다. 옮긴 책으로『잃어버린 기억의 박물관』,『좀머씨 이야기』,『마법의 설탕 두 조각』,『슈테판의 시간 여행』,『단순하게 살아라』 등이 있다.

즐거운지식

청소년을 위한
경제의 역사

1판 1쇄 펴냄—2006년 5월 29일   1판 39쇄 펴냄—2023년 1월 20일
2판 1쇄 펴냄—2024년 1월 30일   2판 2쇄 펴냄—2024년 5월 16일
지은이 니콜라우스 피퍼 그린이 알요샤 블라우 옮긴이 유혜자
펴낸이 박상희 편집장 전지선 편집 이경민
펴낸곳 (주)비룡소 출판등록 1994. 3. 17. (제16-849호)
주소 06027 서울시 강남구 도산대로1길 62 강남출판문화센터 4층
전화 02)515-2000 팩스 02)515-2007 홈페이지 www.bir.co.kr
제품명 어린이용 반양장 도서 제조자명 (주)비룡소 제조국명 대한민국 사용연령 3세 이상

ISBN 978-89-491-8735-8 44850 ISBN 978-89-491-9000-6 (세트)

즐거운지식

수학 귀신 한스 엔첸스베르거 글·로트라우트 수잔네 베르너 그림/ 고영아 옮김
어린이도서연구회 권장 도서, 열린어린이 선정 좋은 어린이책, 전교조 권장 도서, 중앙독서교육 추천 도서,
쥬니버 오늘의 책, 책교실 권장 도서

펠릭스는 돈을 사랑해 니콜라우스 피퍼 글/ 고영아 옮김
아침햇살 선정 좋은 어린이책, 어린이도서연구회 권장 도서, 책교실 권장 도서

청소년을 위한 경제의 역사 니콜라우스 피퍼 글·알요샤 블라우 그림/ 유혜자 옮김
2003년 독일 청소년 문학상 논픽션 부문 수상작, 한국간행물윤리위원회 청소년 권장 도서, 대한출판문화협회 선정
올해의 청소년 도서, 책따세 추천 도서, 전국독서새물결모임, 한우리독서운동본부 추천 도서

거짓말을 하면 얼굴이 빨개진다 라이너 에를링어 글/ 박민수 옮김
한국간행물윤리위원회 청소년 권장 도서, 책따세 추천 도서

왜 학교에 가야 하나요? 하르트무트 폰 헨티히 글/ 강혜경 옮김
어린이도서연구회 권장 도서, 책교실 권장 도서

음악에 미쳐서 울리히 룰레 글/ 강혜경·이헌석 옮김
네이버 오늘의 책, 열린어린이 선정 좋은 어린이책, 책교실 권장 도서

회계사 아빠가 딸에게 보내는 32+1통의 편지 야마다 유 글/ 오유리 옮김

대통령이 된 통나무집 소년 링컨 러셀 프리드먼 글/ 손정숙 옮김
뉴베리 상 수상작, 경기도학교도서관사서협의회 추천 도서

세상에서 가장 쉬운 철학책 우에무라 미츠오 글·그림/ 고선윤 옮김
한국간행물윤리위원회 청소년 권장 도서, 아침독서 추천 도서

달의 뒤편으로 간 사람 베아 우스마 쉬페르트 글·그림/ 이원경 옮김
어린이도서연구회 권장 도서, 학교도서관저널 추천 도서

청소년을 위한 뇌과학 니콜라우스 뉘첼·위르겐 안드리히 글/ 김완균 옮김
아침독서 추천 도서, 학교도서관저널 추천 도서

클래식 음악의 괴짜들 스티븐 이설리스 글·애덤 스토어 그림/ 고정아 옮김
학교도서관저널 추천 도서

곰브리치 세계사 에른스트 H. 곰브리치 글·클리퍼드 하퍼 그림/ 박민수 옮김
《가디언》 선정 2010 청소년을 위한 좋은 책, 《로스앤젤레스 타임스》 선정 2005 올해의 책, 미국 대학 출판부 협회
(AAUP) 선정 도서, 학교도서관사서협의회 추천 도서, 학교도서관저널 추천 도서, 어린이문화진흥회 추천 도서

가르쳐 주세요!-성이 궁금한 사춘기 아이들이 던진 진짜 질문 99개 카타리나 폰 데어 가텐 글·앙케 쿨 그림/
전은경 옮김

이것이 완전한 국가다 만프레트 마이 글·아메바피쉬 그림/ 박민수 옮김
한국간행물윤리위원회 청소년 권장 도서

클래식 음악의 괴짜들 2 스티븐 이설리스 글·수전 헬러드 그림/ 고정아 옮김

아침독서 추천 도서

뜨거운 지구촌 정의길 글·임익종 그림

대한출판문화협회 올해의 청소년 도서, 경기도학교도서관사서협의회 추천 도서

아인슈타인의 청소년을 위한 물리학 위르겐 타이히만 글·틸로 크라프 그림/ 전은경 옮김

한국과학창의재단 선정 우수과학도서, 학교도서관저널 추천 도서

미스터리 철학 클럽 로버트 그랜트 글/ 강나은 옮김

하리하라의 과학 24시 이은희 글·김명호 그림

한국과학창의재단 선정 우수과학도서, 어린이도서연구회 권장 도서

하리하라의 과학 배틀 이은희 글·구희 그림

별을 읽는 시간 게르트루데 킬 글/ 김완균 옮김

★ 계속 출간됩니다.